一往情深过生活

乔叶◎著

北京联合出版公司
Beijing United Publishing Co.,Ltd.

目录

Contents

Part 1

Part 2

第二部分 113

Part 3

Part 4

Part 1

第一部分

就爱情而言，

更本质的不是好不好的问题，而是爱不爱的问题。

爱是爱的一切理由，不爱是不爱的一切理由。

爱情底片

他是一个优秀的男人，硕士毕业后留校任教。女友漂亮聪慧，在一家出版社当编辑。

两人中规中矩地相识了一年多，眼看谈婚论嫁就要摆上议事日程，忽然间，女友提出分手。

“为什么？”他一遍遍地问，好奇大于生气，“你究竟对我有什么不满意？工作、学历还是家庭？或者是我的处世态度和生活作风有什么问题？”

“都不是。”女友说，“只是因为那张照片。”

他的心不禁一颤。

那是一张极普通的照片，是他与一位女学生的合影。他常去一家成人进修学院讲课，每次讲课时，那个女学生都会坐在教室的最前排，全神贯注地盯着他看。下课了就给他端一杯水，然后和一大帮同学围着他聊东聊西。他对她印象不错，和她在一起时也挺舒服。但也仅此而已。

“她端水给你时，你有什么感觉？”女友追问。

“学生给老师端水不是很正常吗？”

“那她盯着你看时呢？”

“也很自然啊，老师怎么能怕学生看？”

“那我盯着你看试试。”女友道，然后便死死地盯住他，有几分试探，又有几分认真。

“开什么玩笑。”他却觉得浑身不自在了，忙把话题岔开。

不久，就出现了那张照片。那是一次课间休息时，一位同学不知怎的随身带了一架相机，还剩下几张胶卷没拍完，便对着同学们胡乱抓拍，忽然看见他正和她说着什么，便顺手给拍了下来。不过拍得实在是不错：他和她的脸挨得很近，额头几乎抵着，目光相对，会心微笑。他的神情如暖暖的春风，她的神情如漾漾的春水。

“拍的时候，你在想什么？”自从见到这张照片，女友就絮絮地问。

“当时正在说话，哪里顾得上多想什么。”

“那么，你们在说什么？”

“不记得了。”他淡然道，“不过是一张照片，别太在意。”

“你们看来可是真的挺好。”女友的神情带着些微微的惆怅。

“那不过是一张照片。”他有些急了，“我现在就可以撕掉它！”

“撕掉照片容易，可是你能撕掉那个人吗？”

“我和她只是师生，至多算是朋友，”他气愤地说，“不信你可以去调查！”

“有些东西连你自己都没发现，我又能够去查什么？”女友幽幽地说，“相信我，我绝不是无中生有。她很适合你，你也很适合她。你之所以和她没有故事，是因为你在有意识地为我负责，从而无意识地把她关在了情感圈外。”

“你根本没见过她，怎么知道她适合我？”

“不要以为这张照片不算什么，有时候，一句话语，一个动作，一声叹息都足以暴露一切。”女友指着照片上的他和她，“你仔细看看她的眉毛、她的眼睛，再仔细看看你的笑容、你的神情……你是喜欢她的，是不是？”

他沉默了。他从来没有想过这个问题。现在追究起来，他真是一点儿都不讨厌她，也可以说是喜欢她。如果他有意让这种喜欢延伸下去，这种喜欢有可能会变成很喜欢，甚至是爱。

“然而，我们在一起这么长时间，却从没有照过一张这么和谐的照片。”女友说着翻开了影集。果然，他和女友的每一张照片都带着些莫名其妙的生涩、紧张、惶恐和故作姿态。

亦如他和女友所谓的爱情。

“可是，你总不能为这样一张照片和我分手吧？”

“有什么不能呢？”女友静静地说，“旁观者清，当局者迷。我无法更细致地分析，你也不要太违心地否定。这张貌似友谊的照片背后，其实充满了难以言喻的爱情潜质。”

他无语。

二人终于分了手。当别人问为什么时，他们都保持缄默。是的，说出来谁会相信呢？一年多的朝夕相处和有意栽培竟然抵不过一瞬间拍下的一张随意的照片。

后来，他真的和那个女孩儿结了婚。正如女友所说的那样，他和她彼此确实更为适合。他这才明白女友是个在情感上多么敏锐和精明的女人，那张他一直自以为是友谊的合影，居然是一张被她一眼看清的只有在暗房冲洗时才能目睹的爱情底片。

他也方才明白：有时候关于心灵的某些事情，在某些人的视线里，一丝一毫也不能隐藏。

审丑疲劳

在外开会，和一个朋友同室居住，她很讲究：服装搭配，鞋帽搭配，浓淡妆搭配，发型手包搭配……夜起的时候，看到她的样子与白天差别甚大，仰面朝天，鼾声微起，轻微磨牙，嘴角边流着涎水，此大腿压着彼大腿，偶尔还放个屁屁……这个时候，是最经不起推敲的时候，也是最松弛的时候，虽然难看，但是真实。而且，也不要人看——不要别人看。

除了与自己同床共枕的人。

突然想：自己睡觉的时候，恐怕也是如此难看的吧？于是迫不及待地打电话问先生，他慢条斯理地答："睡觉就睡呗，哪能这么看着对方睡觉？那不是闲得慌吗？再说了，老夫老妻了，就是比这更难看的也不觉得难看。你对我不也是如此？"

是啊，我从未觉得他难看。忽然觉出浪漫的爱情小说情节对人的误导和戕害：爱人睡着了，另一个人不睡，含情脉脉地看着他或者她。看一次两次还行，天天这么看岂不是神经病？既然不这么看，也就不用在意对方的丑相了。退一万步讲，倘若对方真的是个有耐心天天看的神经病，那看多了也就习惯了，也不觉得丑了。

“他现在一点儿都不在意我，我换个发型做个新衣裳，他看都不看一眼。”常听见有人这么抱怨。我也曾这么抱怨过，不过现在我不抱怨了，我知道：他是没有注意我的新发型和新衣裳，可他同样也没有注意我的鱼尾纹、黄褐斑、头皮屑、指甲垢和围裙上的油渍。

他审美疲劳的同时，审丑也疲劳啊。

这就好。

审美不疲劳审丑也不疲劳的状态，是热恋和新婚，是最醉心的。审美疲劳审丑却不疲劳的状态，是无爱和分手的前兆，是最碎心的。而如果你正和爱人处于审美疲劳审丑也疲劳的状态，那就得恭喜你了。因为此时的状态正是骨肉不分的糟鲥鱼，该是最香浓的。这种状态中的彼此，在对方眼里已是超越表象抵达内核的亲人。此时的你，该是最安心的。

不用你负责

“我会负责的。”这是无数红男绿女在缠绵情热之际都会吐出的一句老话。说这话的，常常是男人。老话之所以被常说，是因为它包含的意义实在重大：对未来的期许，对幸福的承诺，甚至是婚姻的草拟合同。张爱玲名作《倾城之恋》里，白流苏辗转千回，最实质想要的，也不过是范柳原的这个词。有了这个词，作为女人的她才有了谱。

于是，对于这句话，对于“负责”这个词，女人们似乎只有甜蜜接受，没有别的态好表。尤其是在情感状态纷扰繁复的当下，要一个男人提出为一个女人负责，着实是不容易的。 但是，也有例外。 他说，当他和那个女孩子一夜欢好之后，他对她说出“负责”这个珍贵如大熊猫一样的词的时候，居然被她斩钉截铁地拒绝了。平心而论，他的各方面条件都还不错。

她断然道：“不用你负责。我为自己负责。我们之间，权当什么也没发生好了……”这是怎么了？“我一直以为自己算是很现代了，”

他苦笑着问我，“如果我算现代，那这个女孩是不是该算后现代？”

他是不是现代，女孩是不是后现代，我不知道。我知道的只是，他们之间应该不是爱情。他的神情里，困惑胜过了痛苦——当自己想要负责的时候，人家却连爱情都不承认。确实是让这位正准备居高临下施恩赐福的先生受不了啊。

听这则故事的时候，我的神情始终是微笑的。这微笑是平静的。我无法为女人庆幸：庆幸女性的性意识概念终于宽广，不再以献身男人为吃亏之事。也无法恨男人之萎靡：他确实有他的伤感和纯真。

这种事情，现在已经不罕见。面对女人的这种决然，其实无法责备。你可以不接受，但必须得面对。现代化的进程中，一部分女人确实已经有了这种钢铁般的秉性。碰见她们的时候，男人们最好不要妄想寻找什么浪漫之源。他们需要准备的，是强大的意志。只有用这种强大的意志，他们才能支撑不遇佳人时的寂寞，以及遇到佳人之后的不测。

当然，不再指望男人为情感负责的女人，也是可怜的。尽管她看起来很独立，很自由。她终有一天会发现：当独立是因为不得不独立，当自由是因为不得不自由的时候，生活其实已经陷入了另一种荒谬。

真正的珍惜

一个男孩疯狂地爱上了我的一位女友，女友却无动于衷。那个男孩天天去找她，陪她一起上下班，请她吃饭，给她送花，甚至连我们这些枝枝杈杈的朋友他都想到了，隔三岔五地给我们买一些小礼物，让我们替他美言。

吃人家的嘴软，我们只好抓住机会就帮他说两句话——而且，凭良心说，那个男孩子各方面条件都很不错，人品也极好，实在是个好男孩。

“世上的好人多着呢，难道要我都嫁给他们？”女友的话总是十分噎人。

“可是现在对你这么好的也就这一个嘛。”

“他对我再好也是无用，我对他实在是没有感觉。”

“那也可以试一试啊。反正你现在又没有对象，如果和他能培养出感情，自然是皆大欢喜；如果培养不出感情，再拒绝他也不迟啊。”

我们花言巧语，使尽了招数。

“我可不会拿我的终身大事去做这种冒险的实验。”女友说。

“你这么不懂得珍惜，看你将来不后悔！”有人笑道。

“什么是珍惜？”女友问道，“是不是接受就一定是珍惜？拒绝就一定是不珍惜？”

我们都沉默了。是啊，什么是珍惜？难道接受就一定是珍惜，拒绝就一定是不珍惜吗？有时候接受看起来是珍惜，可是这种暂时的珍惜正如昙花一现，虽然有片刻的欢欣和甜蜜，然而花败后却是无尽的凄凉和悲哀；有时候拒绝看起来是不珍惜，其实恰恰只是一种表象的伤害，痛过之后，骨子里蕴含的那种珍惜便如清泉般源远流长了。

懂得接受，害怕错过，这固然是一种珍惜。

不但知道自己应该接受什么，而且还知道自己应该拒绝什么，这才是真正可贵的珍惜。

夹生饭

女友是某银行副总，有车有房，白领丽人，且离异。最近遇到了一件事，可轻可重的那种：和一个好得像哥们似的异性朋友吃饭，席间那位朋友喝高了。她把他送回了宾馆。进了房间，他忽然酒醒，和她强行做了爱。之后，他的观点很明确：从此要与她由友人变成恋人。而她无法接受，为此痛苦不堪。

确实尴尬。

“恨上来，我都想告他。那天的内衣我都没有洗……”她说。

“告他之后的情形你有思想准备吗？”

“对他，对我，肯定都是破坏性的结果。他那么有才华有前程……我的名声……我的家人……”她说，“可是，我就是觉得窝囊，觉得委屈。”

“他认过错了吗？”

“嗯。可我还是不能原谅他。”

“在发生这事之前，喜欢他吗？”

“……喜欢。”

“如果一直处下去，会不会和他自然做爱？”

“……可能会。”她有点儿生气了，“你是不是认为我这种认真是矫情？难道因为我喜欢他将来有可能跟他做爱，就得认命他那天对我的强迫？两码事！”

是，我知道是两码事。喜欢不等于爱情，可能不等于一定。但是，事情已然发生，要是想处理，就只有把这些混到一起去面对和分析。

“我们用排除法吧。”我建议，“你会告他吗？”

“不会。”

“会和他断交吗？”

“他一直来找我……断不了。”

“来找你解释过吗？”

“一直在解释。他说他爱我。那天晚上，是因为太爱了……”

我笑。最聪明的解释。

“可我还是觉得耻辱！即使真的是爱，他的爱也太拔苗助长了！”

“还是有苗的，不然他也没办法拔苗助长，是吗？”

“……是。”

“对他的情感是不是也发生了微妙的转变？”

“……是。”她道，“可是又莫名地不甘心。我到底该怎么办？”

我沉默。对于这种事情，人们最寻常的说法是：生米做成了熟饭。不，不是熟饭。——煮饭煮到半熟，断了电，或是水放少了，米便会外熟里生，是夹生饭。说是饭，又不能吃。要倒掉，又不舍。

“如果做了夹生饭，你怎么办？”我问。

“没什么啊。”她答，“再放点儿水，好好焖焖，米就熟了。”

“那就这样吧。”我说。

她明白了：“实在要是焖不熟呢？”

“那再考虑倒的问题。”我说，“既然是粮食，还是尽量不要浪费了。这个世界上，粮食并不多。还有很多人饿着呢。”

她笑。

没错，我的建议就是妥协。也许很没出息，也许很不个性，但是实用。如果他对错误抱有真诚歉疚的同时对她也抱有真的爱，如果她也真的喜欢他，夹生饭，不是不可以去做做熟了吃的努力。爱情，就是男女之间最宝贵的粮食。相比于粮食，做饭的过程全都是细节。细节很微妙，但无关本质。

不做情人

很欣赏一句俗话：衣服新的好，老伴旧的亲。总相信一菜一蔬一米一面中蕴含的爱情才是真正的无微不至天长地久。不过，如今看来我这种观念是土得掉渣儿了，因为现在似乎有一种新兴潮流——找情人。

说起找情人，大多是男人做的事，而这些男人谈起情人，脸上总会泛起几丝自得，因为在他们看来情人是一种高级装潢，是财力、能力和魅力的具体表露。等到他热情失尽情人也落伍之后，他就会把她丢到一边，像对待一个高价买来但已失去兴趣的玩具一样。而这种女人所贪图的也仅仅是一份廉价的虚荣和一叠污秽的钞票。对于这种低劣的无情的情人，我们暂且不予理论。

我想谈的，是那种真正的情人。

往往如此：男人有一个平静无爱但绝不到分裂程度的家庭，妻子辛勤平凡。突然有一天他遇见了一个彼此深爱的女人，他不想失去爱情但也不想离婚——好像不至于到离婚的程度。于是，便有了情人。这样的局面似乎十分完美：两个女人各守一半领地，井河不犯。家庭没破裂爱情揽在怀，鱼与熊掌兼得。既不必为离婚搞得沸沸扬扬名誉扫地，也不会因放弃爱情而失魂落魄心灵枯竭。

然而，在我看来，这其实是非常非常残忍的，无论对谁。

首先是妻子。她看似是被保护者其实是被掠夺者。她勤勤勉勉地为一个根本不爱自己的男人操持家务，幸福美满只是一种视觉而不是一种感觉。她是真正的局外人和第三者。人们总以为离婚对她是一种伤害，其实不离婚对她才是一种真正的摧残——让她认清现实重找归宿比让她守着爱情废墟混沌地生活要仁慈得多。

其次是男人自己。婚姻和爱情本应该是两位一体，他却被紧紧地夹在中间，小心翼翼地维持着一切，精疲力竭地拖着两个女人进行情感马拉松长跑，却始终冲不到终点——哪怕累死他也不敢面对那道红线。情人在他心里是最心爱的，但却不是最重要的，他甚至不愿意为她去冒险，去破釜沉舟。他好像是将帅俱保，其实活得最累，也最可怜。这种男人，我看不上。做这种男人情人的女人，特傻。

当然，最痛苦的还是做情人的女人。也许开始时她仅仅是有爱情就足够了，但她很快会发现爱情携带来了一种多么强烈的私欲。正如普希金诗中那个贪心的老渔婆一样，她最初只想要一个木盆，后来开始想要房子，直至最后居然想要支配金鱼，“做自由自在的女霸王”。她必须用婚姻来平衡自己付出的一切。她要全权拥有他。她不能目睹那个口口声声说“我爱你”的男人与另一个女人同餐共枕朝夕相处，而自己则如小偷一样躲躲藏藏不见天日。她无法忍受又不能自拔。在这场拉锯战中她耗尽心血。爱情对她来说是一杯解渴的清水，但是有毒。

这是一种情感的酷刑，也是一种人格的失衡。正如某篇小说中的一段对话那样：

“你如果真爱我，就不会不情愿当我的情人。”

“正因为我真爱你，我才不情愿当你的情人。我要做你的爱人——如果你真爱我，就不会忍心让我只做你的情人。”

“名分真的很重要吗？”

“是的。对我来说它代表着骄傲和尊严。”

“它是虚伪的。”

“不，它其实是非常真实的。”

在我心里，表示异性之间情感关系的名词似乎只有三个：朋友、恋人和爱人。我排斥情人这个概念。当然，有可能命运会使我将来也爱上一个有妻子的男人。如果真的不幸言中，我相信只要我有力量让他爱上我，我就有力量让他给我一个合适的位置——做他的妻子。因为这对三个人来说也许才都更为真实、更为合理。

其实，不论是别人做你的情人还是你做别人的情人，从本质上讲都是非常可悲的。这表明你的生活中有一种致命的缺憾。

我不做情人，也不想有情人。

此生此世，只想有一位爱人。

爱情是一粒种

一个女子大龄未婚，有许多人给她介绍男友，都被她拒绝了。她说她是个爱情怀疑论者，从不相信爱情的存在。既然不相信有爱情存在，那为什么还要向婚姻之路起步呢？她说。

无数人的劝导都没有什么效果。一天，焦急的父母亲自出马和女儿谈心。

“你一点儿也不相信爱情吗？”妈妈问。

“是的。”

“难道你就没有在别人身上看到过一丝一毫的爱情吗？”

“当然看到过。”女子说，“但是我只觉得结婚前的爱情还像是爱情，可无论两个人多么相爱，一旦结了婚，就一点儿也不像爱情了。”

“那就对了。”父亲说，“什么东西都在发生变化，你见过永不变的事物吗？比如你，你是我们亲手养大的孩子，可你也在变。我们能因为你和小时候不一样，就说你不是我们的孩子吗？”

“有的东西可以变，有的东西不可以。”女子说，“爱情就不可以。”

“如果它是越变越深越变越好的话，那为什么不可以？”父亲说。

“它怎么会越变越好？我见过的都是越变越糟。”

“你认为我们也是在越变越糟吗？”母亲说。

女子怔了怔，方才明白过来，母亲是在说她和父亲。她一直把他们当成父母，从没想到从他们身上去联想爱情。

“我不知道你们以前怎样，”她说，“但是说实话，我不觉得你们现在有多少爱情。”

“你又不是我们，你怎么知道？”母亲说。

“我想，我可以看得出来。”

“你凭什么觉得自己可以看得出来？你爱过吗？”母亲说，“你之所以觉得自己可以看得出来别人的爱情，那是因为你一直觉得爱情就是用来看的。就像一朵花，又香又娇艳你才觉得好。”

女子吃惊地看着母亲。

“婚前的爱情或许还有些像一朵花，但是婚后，花就落了，变成了一粒种子。”母亲说，“有一段时间，它是埋在地下的，无色无味，你从上面踩过都感觉不到它的存在。然后它会萌生出来，长高长大，长得枝繁叶茂，长得干壮根深，由里到外地层层蜕变着……”

“你们的枝叶在哪里？”女子笑道。

“就是你！”父亲说，他的脸因为愤怒而微微发红，“如果你不是我们的女儿，我们的爱情就不必说出来向你展览，也不必被你当作论据去嘲笑。你根本不知道，我们的爱情只有面对你的时候才觉得最沉重。如果爱情有让我觉得难以享受之处，就是对你这个爱情结晶的责任。”

女子沉默。后来，她很快谈了一个男友，结了婚。婚后的生活居然很好。她说，是父亲的愤怒和母亲的泪水让她在最近的距离里看到了爱情的模样。

我愿意越开花的轨

一次，朋友数人在一起喝茶聊天，谈到了爱人之间的越轨问题。大家公论：对于很多成立一年以上的家庭来说，越轨几乎已是一种难以避免的常态。引起大家激烈争端的焦点是：情感越轨重要，还是身体越轨重要？

“当然情感越轨更重要。”朋友甲说，“大概是谁的一篇小说里写的吧，说的是旧社会的事，妻子在花船上当妓女，丈夫去探亲，明明知道，还和嫖客们打招呼，心态平和，礼仪周到。固然，生活困苦无奈是一方面，不过从另一方面讲，他对于妻子单纯的身体交易似乎也能够说服自己接受。但是，试想，如果有一天，这个妻子爱上了其中一个嫖客，结果又会怎样呢？性质肯定是全然不同。”

“那是小说。”朋友乙道，“我的版本是纪实的，老家小城里有这么一档子新闻：那对夫妻和我家就住一条胡同。妻子很漂亮，平常没别的嗜好，就喜欢看《幸运 52》，后来迷上了李咏。一到节目开播的时间，她就什么都不干，全神贯注地坐在电视机前，生怕错过一个镜头。后来发展到把每期节目都录了下来，反复欣赏。简直是爱得不得了。开始她丈夫并不介意，反而说她看这个节目好，能增长知识，还夸李咏也好，有品位，有个性。后来那女人居然去北京找李咏去了，回来之后她丈夫就对她又打又骂，表现得很疯狂。尽管那女人到底也没见到李咏，可他一想到自己妻子把情感付诸了行动，就觉得不能忍受。你想，是不是身体越轨比情感越轨更重要？”

“但我也听不少女人说过，如果丈夫在外面有了什么，只要不是来真的，她们就多半儿可以容忍。什么叫来真的？就是情感越轨，把心掏给别人。男人一旦把心掏给别人，事情就麻烦了，就会危及婚姻的坚固程度。由此说来还是情感比身体重要。因为从本质上讲，身体越轨只是情感越轨的一项内容。一旦情感越了，身体越不越只是个形式问题。”朋友丙道。

“我觉得还是身体越轨重要。情感越轨再过分，只要不付诸行动，就是意识里的东西。意识里的东西是不能被判刑的。你见过谁说：我想杀人。然后就被抓起来枪毙了？呵呵。”这是朋友丁。

听着听着，我察觉出了一些门道。男人和女人对待两种越轨的态度是有很大差异的。女人更注重男人的情感归属，或者说自己在男人心中的地位，即自己是不是男人最心爱的女友或者妻子。当然，这并不意味着只要占领了男人的心，女人们就会变态到愿意让男人的身体去外面“旅游”，谁不想对爱人身心俱获？只是无奈之中，相比较而言，女人对男人的身体越轨更容易原谅。只要他的心没跑，一切还都能商量。——女人更理想。而男人呢，就不同了。他对自己的身体越轨往往比较容易原谅，却更注重女人身体的贞洁：她的人得全是我的，即女人是否完整地属于自己。因此，女人的身体越轨哪怕再是逢场作戏，大多男人往往也会耿耿于怀，无法原谅。——男人更现实。

“你呢？”他们一起问我，“二选一，不许打哈哈！”

我乐。他们不许我打哈哈的意思就是防止我说哪种越轨都不可取，没有孰重孰轻之类的囫囵话。若不打哈哈，很多事情就不能尽量客观地去分析判断。但是，事已至此，我只有在威逼下做出选择：身体越轨最重要。我的理由和丙有重大分歧：情感越轨不一定会导致身体越轨，身体越轨却必然包含着情感越轨。我不相信一个人的身体和情感可以截然分开。如果用一个比喻的话，情感越轨是开花的轨，花不一定结果。而身体越轨则是结果的轨，结了果的就一定曾经开花——哪怕是所谓的无花果。你知道吗？无花果之所以被人称作无花，只不过是它的花开得格外隐蔽的缘故啊。

下面众人接着讨论的就是：两种越轨方式，如果让你必选其一，你选哪个？

我相信，很多人都越过开花的轨。只要你够诚实，就该承认，对于自己的爱人，即使很爱，即使再爱，即使最爱，她或者他也不可能凝聚这世上所有令你心仪的光芒。那么，很有可能，在拥有了笃定的爱人之后，有一天，你就见到了这样一个人，有了这样一种感觉。你质疑着，不敢靠近；靠近之后，不敢面对；面对之后，不敢正视。可你知道，这也是爱情，一种并不邪恶也并不肮脏的爱情。这种爱情，虽然长在固定的篱笆之内，却也长在人们必经的路旁。人们可以拒绝采摘的诱惑，却无法拒绝沁人肺腑的芬芳。这些爱情，是主干萌生出的枝丫。只是，你也知道：爱着，但是什么也不要说。“忽如一夜春风来，千树万树梨花开”，即使是真的有千树万树的繁花在一瞬间把彼此的心照得夜如白昼，也不过是静静的，静静的，不闻半点声响。这种只开花的爱情，往往没有什么结果。因为它自身发生的过程和意义，就是一种最美的结果。当然，如果把这种爱情延伸下去，也完全有可能是真实的婚姻和具体的家庭。但是，只要有适当的理性，人们就会自觉地终止这种可能。因为他们知道：只有这样，才会只留温暖，不留伤害。

而结果的轨呢？品尝果实的时候自然甘美，但不可避免地，果汁会溅到衣服上成污迹，果皮得找个垃圾箱扔进去，果核落到土里会后患无穷……对这种爱情来说，狼狈不堪的尾声是另一种恶毒。

鉴于以上想法，我想，如果一定要选择，我愿意自己越的是开花的轨。当然，这是典型的小女子的想法，十分柏拉图。想必许多男人不会同意。不过，话说回来，男人如果和女人想的一样，这个世界也就没有了数不清的争执，没有了千头万绪的纠葛，同时也没有了让人魂牵梦绕的——爱情。

男人都是专卖店

一天，和一个离异的女友聊天，她朝我抱怨，说现在她身边的异性朋友都不能令她满意，有钱的太俗，没钱的太酸；有个性的太硌人，没个性的太贴人；有理想的太不实际，太实际的没有理想……总之，她期盼中的他们应该既传统，又时尚；既专一，又宽容；既质朴，又浪漫；既广阔，又细腻……

“你确定仅仅是和他们做朋友吗？”我怀疑。

“是。”她愕然，“可即使是做朋友，他们也让我感到遗憾。”她笑起来，“或许，我的潜意识里，就是按丈夫或者情人的标准来要求他们的吧。”

“如果仅仅是做朋友，那就没有什么好遗憾的。即使是挑丈夫或者情人，你也没有资格要求他完美。因为你自己都不完美。”我说，“你以为男人是什么？是超市吗？他们都不过是专卖店而已。”

话音未落，连我自己都忍不住笑起来。

可是，难道不是这样吗？有的男人专卖学问，有的男人专卖风度，有的男人专卖胸怀，有的男人专卖智慧，有的男人专卖前程，有的男人专卖事业，在专卖这些的同时，他们再搭配赠送亲情、爱情、友情等与情有关的事物。对了，有的男人倒专卖甜言蜜语，可是，你敢买吗？

只有女人，才心心念念地专卖爱情，且常常想专卖超市式的爱情。但是，男人真的都是专卖店，因此，作为女人，如果你想要属于自己的爱情，那你一定要确定自己最想要的是什么：如果想要传统的踏实，就不要指望他有时尚的激情；如果想要宽容的海量，就不要再去指望专一的纯粹；如果想要质朴的本真，就不要再去指望浪漫的惊喜；如果想要广阔的遨游，就不要再去指望细腻的缠绵……

什么优点都有的男人只在琼瑶的戏里，不在生活中。

如果你没有爱情的野心，只是和男人们做朋友，那更简单：跟高学历的男人去学知识，跟仕途发达的男人去学厚黑，跟在商海打拼的男人去学淘金，跟有艺术才华的男人去学欣赏，跟底层奋斗的男人去学艰辛……只要想去学，总会有的学。用恐怖一点的说法：得尽力去做一个吸血鬼，让自己在和各色男人的交往中有所长进。这就够了。

就是这样。想通了自己最想要的是什么，再拿自己的爱情或者友情去搭配他。——千万不要要求太多，那是难为他，更是难为自己。

阳光的故事

他第一次给他们上课的那天，她穿着一套纯白色的裙子，里面套一件蓝色低领衬衣，很安静地坐在那里。上课铃响，他推门而入，穿着一件宽大的灰西服，亦是低领衬衣，不注目但很入眼。看见她，他怔了一怔。她朝他微笑了一下，他没笑。

走上讲台他低声说："我姓周。"然后在黑板上挥出两个大字：色彩。又低声说："今天我们就讲这个。"接着亦是低低地讲述，任何色彩都不是单纯的，所蕴含的意义也必然是多重的。红色热情而又残忍，蓝色宁静而又凄寒，绿色蓬勃而又喧嚣，灰色淡泊而又死寂。"每一种色彩都相当于一个文学词语或一个音符，它们完全可以用来写诗或歌唱，关键看人们赋予它们怎样一种灵魂和思想。"

这一节课很多人都昏昏欲睡，她却感到如水的清晰，下课后她跟着他走出教室："您忘了布置作业。"

"你是美术课代表吗？"他头也不回。

“是的。”

“你的任务很轻松，我的课永远没有作业。你叫什么？”

她报出了自己的名字。

他停下来：“上一位美术老师就是因为你经常当众纠正他的白字才恼羞成怒调到行政科的？”

“赶走他的不是我，是他自己。”

“你为什么朝我微笑？”

“这是我的权利。”她生硬地回答，“我很少向人微笑，除非我认为他能理解我的笑容。”

他温和地笑起来：“我也是。”

第二次上课他讲的是坛子的美感，深刻而精彩。下课后她向他要教案看。“到办公室来拿吧。”他说。

到了办公室，他泡了杯茶让她慢慢地品，她突然醒悟过来：“你是不是根本就没有教案？”

他做了个鬼脸：“好老师是从来不备教案的。”

他们俩像小孩子做了个心满意足的恶作剧似的大笑起来。笑过之后，他们都默默地坐着。上课铃漫长地响起来，他叹了口气：“你不像个高中生。”

“心灵和外表有时候没有必然联系。”

他拍了拍她的肩膀，没有说话。

她很喜欢山上一种叶形很美的野草，经常将它们插在罐头瓶里放在课桌上，偶尔也送一束给他。有一次他领着他们到山上写生，人群很散落，她和他坐在一块梯田边，他随手采了一把那种草，问：“这草叫什么名字？”

“枫叶蓝。”

“这是你的名字。”

她看着他。

“这草本非枫叶，你取名枫，乃是典型的理想主义者。枫叶红色，你取名蓝，红蓝相融、虚实相交而为紫，紫色高贵脱俗，所以你必孤寂；紫色又是瘀血的颜色、伤痕的颜色，所以你必忧伤。总之你虽有青春的外表，却掩饰不住一个理想者固有的悲哀。”

她泪如泉涌，逼问：“你呢？你呢？！”

沉默了一会儿。“我也是。”他说。

后来有隐隐的风声吹动，说她与他如何如何。好朋友细究穷研地问她，她突然感到一种撕心裂肺的疼痛，狂喊道：“有的有的！只是还没有萌芽就被杀死了！”说完就不顾一切地去找他。他正站在走廊上，看见她，就微笑起来：“跑那么快做什么？”

“想告诉你一件事。”

他静静地看着她，把一只手伸过来：“这是什么？”

“手。”

“手里是什么？”

“阳光。”

“阳光是什么颜色的？”

“无色。”

“赤橙黄绿青蓝紫。你该学过物理学上的三棱镜折射原理，这么丰富的色彩融合起来就是如此单纯的阳光。”

她默默地盯着这只手。

“有时候我们只需要单纯的东西。”

她的泪水又一次夺眶而出。

毕业前夕，她请他在纪念册上留言，他简洁地勾勒出一束枫叶蓝的轮廓。

“再见。”他微笑着说。

“再见。”她也笑着。下楼走了很远很远，还看见他站在阳台上，暮春的阳光温柔地笼罩着他，这时候她才发现，他们已经从春天外面静静地走了进去。

那一年，她十八岁。

等待的石桥

清楚地记得，那条河里的水在白天看是黑黝黝的，如流墨。但是，在夜里，反而是闪着白光的。

明天就要离开这个城市了。这是最后一夜，我睡不着。于是便在学院附近的这座石桥上踱步，一遍又一遍。远处小卖部的灯光如疲倦的小小的杧果，仔细嗅嗅，似乎还可以闻到淡淡的混合着烟草气息的果味。

我走过去，拿起那部红色的公用电话，传呼了他。

我传呼了他。放下电话时，我对自己自语，我终于传呼了他，终于违背了自己一贯冰冷的理性，去做这样一个激情的试探。

很早就发现了彼此的好，也常一起混在别的同学堆里吃饭，有时会在大教室里闲聊一两个通宵，甚至故作坦然地去逛过一两次公园……听别人说他时，面色淡淡；自己说他时，面色亦淡淡。他更是不露丝毫的口风和破绽。唯有两个人单独在一起时，一切都不同了，仿佛黑白画着了彩，一湖水起了风，干茶叶浸入壶。那种鲜活和灵透，无言可喻。

可是什么都不说。这所成人学校，使君有妇，我亦有夫。一个俗滥而顽固的套子，是不敢打破，也懒得打破。而且即使真的走到一起又能怎么样呢？因着这样的怯懦的假想，就预知了那种云淡风轻的告别。

但是，我还是传呼了他。

这一刻，我到底想干什么？我不知道。我是不甘心那种一眼望到底的生活吗？我是想制造一种疯狂的源起和可能吗？我是想释放一下困顿太久的冲动和渴望吗？或者我是想确定一下这份感情的可燃量和含金度吗？

也许，都有。也许，不仅仅如此。

但是，没有等到回话。

等了好久，始终没有。

我坚信他收到了传呼，而且，知道是我。

是你又怎样呢？我开始嘲笑自己。然后，我缓缓地，沿着石桥走了回去。

第二天早上，我接到了他的电话。他“喂”了一声，便沉默着。

“昨天我给你打了传呼。”我说。

“我知道。”他说。

“为什么不回？”知道自己问得笨，但还是要问。

“不敢。”他说。

长久的沉默之后，我挂断电话。他知道是我，他不敢回——这是我不敢奢望的答复。这个答复，比任何表白、任何承诺、任何歉辞都贵重。因着这贵重的墙垛，我们都守住了一整晚惊涛骇浪的城池。

不是不明白，而是太明白。不明白时便可以苛酷别人，太明白时就只有苛酷自己。于是因着这份苛酷的明白，水便可以依旧缓缓地流着，爱便可以依旧规矩地走着。所谓的责任的意义，便混搅在生命的每个细节中，坚实而模糊地支撑着。

而我只记得那晚的石桥陪我等待的模样。它如目光偶尔的结晶，又如尘土瞬间的漂白。在这个无比现实的世界上，它让我瞥见自己偶尔不现实的可爱。

剑胆琴心

这是个很美的词。一看到这个词，我就会看见一个英俊、潇洒、勇猛而温柔的白衣侠客从词面上翩然而现。自然，“剑胆”与“琴心”必得相辅相成，方能珠玉共辉。若只有“剑胆”而无“琴心”未免显得粗糙鲁莽，若只有“琴心”而无“剑胆”，则又懦弱可怜、不争不立。唯有两者兼备，才刚柔相济、软硬共施、刀臂水指、玉牙胭唇。那种美，让人由不得不心动。

然而这种美终究是很少的。更多的时候，这种美是一种理想主义者幻想的果实。像《乱世佳人》中的白瑞德，又智慧又果敢又别致又潇洒又懂女人心又有英雄气的男人，生活中又有几个？连作者玛格丽特也没有真实地拥有过他啊。

然而幻想终究是女人们最好的朋友和最大的天敌。女人无可救药。古典女人中最清醒的大概数杜十娘，她面对李甲卑鄙的情变而终于投江自绝之前，有一段悲愤的自白：“谁知郎君相信不深，惑于浮议，中道见弃，负妾一片真心。今日当众目之前，开箱出视，使郎君知区区千金，未为难事。妾椟中有玉，恨郎眼内无珠。命之不辰，风尘困瘁，甫得脱离，又遭弃捐。”

平静的叙述，完全的总结。即使是一个最大广度和最深程度接触男人的名姬，也陷命于失爱的悲剧中。而她当初听李甲“泪如雨下”地细吐将她转卖孙富的前前后后时，竟放开两手，冷笑一声道：“为郎君画此计者，此人乃大英雄也！”坚强之后是何等的可怜与无奈！最后的投江，倒使这位追求剑胆琴心男人的女人备具剑胆琴心。

我有一个远房婶母，守寡二十年，为人慈善，多受村人敬重。膝下只有一儿，远居他乡。二十年来，寡婶春耕秋收，辛苦劳作，脸上时常带着微笑，总有一种令人心酸的安详和满足。我曾私下里问母亲：“人都说‘寡妇门前是非多’，寡妇既如此难做，婶婶怎么为人这般好？”

母亲沉吟了一会儿，缓缓地说：“女人立世，是拿命赌的。太软了，是一团泥，少不得别人来捏；太硬了，是一根铁，就有钢来跟你碰。就拿你婶婶来说，没了男人，儿子还小。硬了，无人扶持；软了，受人欺负。她的日子怎么会好过！你叔叔刚过世那几年，夜里敲她门的浪汉子不知有多少，开始你婶婶只是忍着，后来有个缺德的竟在你叔三周年那天去叫门，你婶婶拿着手电筒对直照到他脸上，又哭又骂，搅闹得一村人都起来瞧。众人再势利眼，到底还有点儿良心，让那人在你叔叔的灵牌前磕了四个头，才让他走了。你婶婶就在灵牌前哭了一夜。”

默默地听着这段褪色的故事，眼前叠印出婶婶谦和宽容的面庞。

她不爱说话，但凡说出的，决不会再咽下去，总要寻出结果。水一样的血性女子啊。

时下去南方闯荡的女人不少，我认识的几位，似乎都带着一种共同的迷茫情绪——虽然她们是抱着不同的目的到那儿去的。有的为了淘金，于是轻而易举地沉沦到方孔中去；有的为了体验，而在这些感情水分极大的城市又找不到精神的归宿；有的却是为了实现自己的价值。却不知，以男人为主体的世界里，女人终归还是配角。女人不具备男人那种清醒、坚韧和拿得起放得下的坦荡。

女人终究是女人。女人的特质决定了她的命运，像武则天，这位非同寻常的女人在自我矛盾中艰辛地走完了她辉煌的一生。她的“琴心”掩藏在她的“剑胆”后，而剑胆的凛凛寒光又在男人的手腕中消失和逃遁。

皇上要杀一个妃子，轻而易举。她要失去她的男宠，则如丧魂魄。

剑是一种利刃，琴是一种古乐。剑是男人的武器，琴是女人的心香。

爱着的男人和女人，或许是剑胆琴心的最佳组合吧？

也不尽然。

和一位好友聊过这个词，她笑道：“我没结婚的时候，我和他可是才子淑女，剑胆琴心。他的剑只为护我，我的琴只为他弹。谁知过了几年日子，剑锋竟成了伤我的凶器，我的琴也成了盾牌。这才明白，男人的剑不过是一种迷人的装饰，有时你看他威风八面地挂着剑，却不知那是锈的。有的连剑也没有，只悬个花哨的剑鞘罢了。”

话虽刻薄，想想却也有些道理。不过再想想女人的琴，又何尝不是如此呢？真正会拂出和谐美音的纤手，在男人眼里大约也寥若珍珠吧。

最佳的境界，我想也许会是这样吧：剑胆是男人的，女人舞出了他的剑风；琴心是女人的，男人拨定了她的曲调。互相依偎，互相吸引，互相映衬，缺一不可。

一个男人和一个女人，终究是有些死灰般的平淡。剑胆和琴心纵使决胜无比，也没有一丝生命的意趣。

而今，错位的事情太多，人也越来越不单纯。人们多是为了自己而奔波，很少去真正守护些什么。聪明自然是聪明，却少有明彻欢愉的智慧。人们混混沌沌地爱着、恨着、思念着、离弃着，在剑尘和弦灰中喧哗而寂寞地生活着。剑溢气，琴生花，做这种远梦的，大约只有我吧？

婚女出轨的理由

那天在饭桌上，忽然听到有男人高论：出轨是已婚男人——他简称婚男——的必然选择。原因吗？压力大，审美疲劳，而外界又有那么多不自重的年轻女人在诱惑……总而言之，婚男们不出轨简直就是反自然反人类，天理不容。而婚女们呢？就是忍受的命：老得快，情商低，拿得起放不下，再找也很困难……

不由气噎。这算什么狗屁逻辑？依我看，相比于婚男，婚女们更有出轨的理由。她们除了压力也大，审美也疲劳，也有好奇心、虚荣感，甚至是冒险欲，外界也有那么多想出轨的男人在追逐着她们等等的理由之外，还有以下若干理由：一、因为婚男们更热衷于在性上沾光，因此婚女们比婚男们更容易找到出轨对象。所谓男追女，如隔山；女追男，如隔纸。二、婚女出轨相对来说更安全。大多数婚男属于把婚女娶回家后就如同放进了仓库里，放心地在外面游荡，因此婚女没人看着，出轨的自由度更大而危险度相对要低。三、婚女出轨更经济。一般来说女人总是精打细算的，而出轨这种事情还是男人买单的多，因此婚女们总不会花自家的钱。四、婚女出轨的程度和节奏都把握得更好些。婚男们出轨大多会把家庭闹得鸡飞狗跳，而婚女们则因心思缜密，对出轨的分寸拿捏得更精准，更有益于维护家庭的完整。第五则最实际也最打中男人的要害：婚女出轨的同时也有能力在床第之事上满足丈夫，而婚男出轨则多半只能顾一头。

但是，满城皆是出轨男，鲜有出轨女，为什么婚女们这么有理由出轨而出轨者却少之又少？我一个女友回答得也许确切："如果不是真正的爱情，我为什么要为出轨而出轨？那是自己对自己的伤害。"

婚姻渐渐疲惫，疲惫点却不同。婚男们不满足于熟悉的身体，婚女们不满足于稀释的爱情，因此出轨就有了本质的区别：婚男们最重要的是体验不同于妻子的那个身体；而婚女们则多是为了爱情，最重要的就是为了爱情，为了重新听到爱情的声音——可以说，让她们真正迸发出轨热情的，就是爱情，只有爱情，只能是爱情。

区别如此本质，所以太多婚男出轨的艳遇建立在对出轨婚女的亵渎之上，也因此婚女们宁可深藏着对爱情的渴望守着平淡的婚姻隔岸观火，只在内心做一个纯粹的爱情理想主义者。也因此，我是那么喜欢法国女作家杜拉斯的那句话："也许，女人就是殉道者。"——爱情就是女人的灵魂，就是女人的道啊。

爱情技法

暮春的一天，法国梧桐鲜嫩的翠叶在阳光的沐浴中显得层次分明，每一片叶子仿佛都有着不同的神情。

在一所美院的公共教室里，一位著名的中年画家正在和一群学生座谈。他面前摊的，是自己刚刚出版的精美画集。

“在这幅画里，人物是由侧面光照明的，没有一点儿正面光源，所以人物的面孔大部分处于阴影里。我这样安排光源的目的是想让画面有一种神秘的感觉，并且着力解决绘画中明暗交接处的表现……”

学生们屏息静气地倾听着。画家翻开另外一页：

“在这幅画里，这个模特纤细的体形非常易于观察和描写内在结构。你们看，她把身体的主要分量放在了右臂上，同时还依靠着身后的水池，我就是把握住了她这一瞬间的姿势特点……”

这幅画画得实在是好。尽管是印刷品，但是还是可以品尝得出一些原作的韵味。模特的容颜是那么安恬、宁静，还带着一丝微微的娇羞。但是她的肢体却是那样的舒展大方，充满了女性典型的柔和与强韧。他忽然记起，画这幅画正值深秋，那时，他的画室里还没有开始供暖。而他，却从没有想到过，她是不是会觉得冷呢？

他的心不由得微妙地一顿，随即又恢复了常态，再翻出一页，继续兴致酽酽，侃侃而谈："……我在这幅画里实施的色彩方案是橙色和绿色。我想表现的是，除了模特身上的晨衣以外，一切东西看起来都像是无可逃避地感染上了橙色……"

"我有个问题，老师。"一个大眼睛的女孩子插话道，"如果在这幅画里，你主要想表现的只是色彩方案，那您干吗不用桌椅或者别的什么东西来代替模特呢？"

学生们笑起来。这是一个初级但是有趣的问题。

"当然，模特也是很重要的。"画家笑道。

"您是指她作为您的绘画对象的意义重要，还是作为一个个体的人的意义重要？"

"当然是作为一个个体的人的意义重要。"

"其实，我还注意到了，您画集里几乎所有的人物都是她，仿佛您画了她许多年似的，"女生又说，"她的眼神看起来既聪明又清亮，有着一种异乎寻常的美，"女孩子似乎知道自己说得太多了，有点儿小心地试探着，"是吗？"

"是的。"

"这就是您只画她一个人的原因吗？"

学生们顿时静默。片刻之后，又笑起来。之后，再次静默。敏感的年龄，青春的特性，好奇的领域，唐突的问句——他们一起瞩目着画家。

“不仅仅如此，”画家沉吟着，“最重要的是，她是懂得我的。她懂得怎样去激起我的创作欲望，她懂得我的每一个暗示，她懂得我需要的每一个细节的配合，她……”画家微垂下头，“她是懂得我的。”

“你呢？你懂得她吗？”

画家沉默。

他从没有想过，自己是否懂得她。

她是他所在的美院的毕业生，在校时就常常选修他的课。但是专业并不是很突出，因此他也就没有特别留意过她。毕业后不久，她就找到了他，说她的工作分配得不理想，暂时没有别的出路，想先在学校里当一段时间的模特。他这才仔细观察了她一番，发现她的身体条件很好，又经过长期的专业熏陶，领悟力实非一般模特所能及，就很爽快很热情地向学校推荐了她。她就这样留了下来。事后，她特意向他表示感谢，并且说，她愿意利用下班时间为他一个人单独工作。

“怎样配合都可以。”她红着脸说。他知道她指的是裸体。她在学校的公共课上从不裸体的。

他喜出望外。谈到薪水的时候，她开始无论如何也不肯要。后来见他的态度实在坚决，才答应每小时收五块钱——她在学校的薪水是每小时三十元。

他们的合作就这样开始了。无论春风夏雨，还是秋霜冬雪，她都随叫随到，可长可短，从不耽误。他很快画熟了她，画透了她，如此一画，便是六年。

从她的二十二岁，到她的二十八岁。一个女人，能有几个这样的六年？

可是最近，当他在国际上荣获大奖，在国内出版画集，风风光光，功成名就的时候，她突然辞职了。

“为什么？我现在有能力给你高薪了。”他困惑至极。

“我走了，还会有别人的。”她没有正面回答他，只是慢慢地收拾着自己的东西，慢慢地说，“我总得开始另外的生活啊。”

……

“她呢？她现在在哪里？”座谈结束后，大眼睛的女孩子不依不饶地跟上来追问。

“不知道。”

“她一定是爱你的。你知道她在爱你吗？你画过她那么多次，难道没有读过她的眼神吗？你不应当是一个只重视技法而不重视内涵的画家吧？”

“如果她爱我，她为什么不说？”

“如果你整天这样面对着她都不觉得有什么的话，那她还有什么好说的？！”女孩子惊诧地看着他，“你难道不爱她吗？你的画告诉我，你是爱她的。”

他又一次沉默。许多记忆浮上了水面，一层层地清晰起来：她每天为他打扫画室，他画得入神时，她发着高烧陪他坚持，她不厌其烦地给他洗沾满了颜料的肮脏的工作服，她走遍大街小巷为他选订最合适的画框……是的，她是爱他的。也许，他早就知道了，但是他不想让自己去重视和注意。她从来不说，他也觉得这样挺好。他是那样全心倾力于自己的事业，总觉得这要比爱情有一点点重要。

“你，为什么要告诉我这些？”许久，他才想起问对面的女孩。

“因为我是一个女人。”女孩子说，“也许男人在任何事情上都能够超过女人，但是在对爱情的感觉上，女人永远会走在男人前面。”

回到他的城市，回到他的学校，回到他的画室，他第一眼看到的，便是一个厚厚的信封。打开，信封里装的是六年里，他付给她的所有薪水。

全部都是五元一张的钞票。一张张钞票就那样静静地睡在那里，仿佛是一颗颗死去的心。

他这才意识到：以往的日子里，自己对她故意地忽略有多么的卑劣和残忍。

在雪白的画布前坐下，他却再也画不出一笔——画布上全都是她。他也方才明白：原来她已经那么深地融入了他的事业中。他的爱情，原来已经被她变成了他事业的一部分。这么多年以来，她给他的，从来就不是一个平面，而是一个能够看出却无法测量的深度。深度这个词，在他的绘画里只意味着是一种特质，但是在她的行为里，却构成了生活本身。

她对他的爱情，也是一样。

而他，一直能够运用的只不过是油画的技法；她献给他的，却是用任何词语也不能描绘和解说的爱情技法。

他终于知道：他，原来也是爱她的。

可是，她在哪里呢？

无孔之珠

珍珠原本就是没孔的。把它安安静静地放着，就像贮存着一种涛声，一个仙境，一个梦。

那盒珍珠是真的。

那年国庆节连着两个星期天，宽绰绰的几天假期白白放着实在可惜，便约了一个朋友溜了出来。是个男友，幼时同窗，一起长了这么大，却毫无非分之想，似乎生来就是做朋友的那种。一路上赶大车搭小车，叱咤风云，很是放得开。疯疯癫癫地就到了蓬莱，游完了蓬莱仙阁，随即乘船去长山岛——那个常常出现海市蜃楼的地方。

渤海湾的海浪碧如翠玉，轻轻地拍击着船舷。我和朋友站在甲板上，任由海浪打湿了衣服，快乐得像个孩子。

“真是人间仙境啊。”朋友感叹。

“真是人间仙境！”我加重了语气。然后我们相视而笑。

身边的男人回头看看我们，也笑起来。似乎觉得我们很有趣。

“笑什么？”我问。

“你们是第一次来吧。看你们那么兴奋。”他说。

“这样的地方，来千百次也不会烦的。”

“那可不见得。熟悉的地方没有风景。”

“不是没有风景，是没有欣赏风景的眼睛。”我不客气地说。朋友用胳膊肘捅了捅我。

海面时不时有整齐的黑色的浮标呈现出来，一排排如农人的田地。我问朋友这是做什么用的，朋友说大概是海水养殖吧。

“养什么？”

“养珍珠。”那个男人接口说。

“珍珠就是这么养起来的吗？”

“你以为是像演电影一样由仙女们成把成把地撒下来的？”

“我没有这么认为。”

“那你怎么认为？”

我无语可答。我怎么认为？我没有具体的概念。反正我没有想到珍珠是这么放到海里像种地一样被滋养出来的——我想它更大的可能像是随着生产车间的流水线一般的方式滚落出来的。可这种感觉说出来不是更让人笑掉大牙吗？

“你们要游长岛，先去百丈崖，再去月亮湾。最好住一晚上听听涛声。”他神色从容地介绍着，“百丈崖居高看海，很有韵味。那附近没有渔港，水质特别好。月亮湾的石子特别干净，可惜没有沙滩。但是烧螃蟹特别好吃，是岛上的一道美味。”

“涛声呢？”

“涛声？”他停住了，似乎在措辞，又似乎在回想，良久，终于说，“涛声无法形容。每晚的涛声都不一样，每个人耳中的涛声都不一样。你只有自己去听，懂吗？”

我点点头。他微微笑了。

船靠了岸。岸上有去百丈崖的大客车。我们上了车，回头看看岸上，他已经不见了。

百丈崖的海景果然美不胜言。下了崖，又捡了些贝壳，流连了许久，方才出崖。出口附近有个小广场，卖的都是些海产品，最多的还是珍珠项链。贵贱不等，颜色各异。朋友一定要买一串项链送我，我坚辞：“别傻了，你又不懂真的假的，真的你买不起，假的我又不乐意，何必呢？”

朋友讪笑着挠挠头：“我要是百万富翁就好了。”

我们选了一家靠海的旅店住下。出了旅店，再走百余米就是海滩。暮色降临时，我约他去听涛，他说：“我患有关节炎，不能让风那么畅快地吹，海滩离这儿也不远，我从窗户这儿瞧着你。万一有什么不测，我再出来英雄救美。”

我笑着走出门。海风清新地吹过来，让人心旷神怡。一个人听涛，其实也挺好。像那个不知名的男人所说的，每晚的涛声都不一样，每个人耳中的涛声也都不一样。如此说来，其实纵有千百人与你一起听涛，终归还是靠你一个人的耳朵去听——灵魂的耳朵。

一道白色的浪，又一道白色的浪，如一道巨大的裙幅的花边在风中摇曳。“哗哗”的涛声从容地冲击着岸边的人，似乎永不疲倦，似乎永不忧愁。

我忽然非常想唱歌，想唱一首五十年代盛行的南斯拉夫歌曲《深深的海洋》：

深深的海洋
你为何不平静？
不平静就像我爱人
那一颗动荡的心……

远远地，有人用低声部与我和起来。他的音调特别低沉醇厚，感情和节奏把握得非常好。我们默契地将这首歌唱完，涛声依旧时高时低地冲击过来。我默默地望着黑暗的海面，我想我们的歌声已经随波逐流了。只不知流到了何方。

他踱过来——我早就知道是他。在他开口的一刹那。

他在我身边坐下来，抱膝无语。

久久地，久久地沉默。

“明天你要走了吧？”

“是。”

“在百丈崖买珍珠了吗？”

“没有。分不出真假，怕上当。”

“可见这儿还不是人间仙境。”他笑了，“人间是没有仙境的。如果有，也只是很短的一刹那的感觉。比如我们刚才的合唱。”

“也比如我们沉默时的涛声。”

又是无边的沉默。

能遇到一个适时沉默的人，真是难得。

天洒了几滴微雨。朋友隔窗遥问要不要送伞。我答说不用。简简单单的两句话打破了情境，我有点兴味索然。然而正如他所言“人间是没有仙境的”，想想便又释然了。

“那是你同学？”

“男朋友。”我故意说。

“男朋友看见你和别的男人坐在一起还要给你送伞？没有这么大方的。”

“当然有。只不过你没见过罢了。”

“如果有，那这人也算是一个仙人。”

我沉默。我总是没有他正确。

涛声越来越大。我站起来。

“我走了。”我说。

“要走吗？”

“嗯。”

他也站起来。许久，“让我吻你一下。”他说。

“为什么？”

“不为什么。”

他的双手轻轻地揽过，他的双唇轻轻地碰过。

涛声依旧。

第二天早上，服务员送来一盒珍珠。上面没有打孔。珠形不一，光泽圆润。服务员在一边看着，惊喜地告诉我：“这是真的珍珠！”

“我知道。”我说。

“可惜没有线孔，戴不得。”她叹惋道。

我笑了。这才好。没有孔的珍珠才是珍珠。珍珠原本就是没孔的。把它安安静静地放着，就像贮存着一种涛声，一个仙境，一个梦。而有些人就像这些珠子，似乎生来就不是让人使用，而是让人珍存的。

回来后，朋友问我：“那天晚上陪你听涛的那个人是谁？”

“没有谁。”我笑道，“就我一个。你知道，那是一个容易出现海市蜃楼的地方。”

玫瑰苑的守门人

姐姐的女儿去年考上了郑州的一所医学院，我常去看她。女生宿舍楼的名字叫玫瑰苑，看守大门的是一对中年夫妇，五十多岁的样子，两人都高而瘦，步履轻盈，稍有白发，安宁素淡，精神很好，眉眼之间依稀看得出年轻时男帅女靓的旧痕。因去得多了，也就熟悉了。一次，我请他们转送东西给外甥女，留了个条子。女人接了条子，念了一遍。我注意到她居然清晰地把外甥女名字里的“嵯”字标准地读了出来。

“什么意思啊，这个字？”旁边有女生问。

“山势陡峭严峻的样子。”她说。

这可不是一般门房的水平。我惊奇。后来和外甥女聊起他们来，外甥女笑了：“忘了告诉你，这一对夫妇是有故事的。他们曾经都是我们医学院的教授呢。”

“那为什么成了门房？”

“因为爱情。”

“婚外恋？第三者插足？”我随口说出这些用滥的词。

“不是。”外甥女调侃，“超出你的想象力了。”

“到底是什么？”

“他们两个是姑表亲的兄妹，近亲结婚。”

我呆住。

竟然有这样的事。

然而，这是真的。

这对表兄妹从小一起长大，青梅竹马，情意相投。长大后他们考上了同一所医学院，毕业后都留校任教。工作多年之后，他们的婚事都没有着落。就在周围的人都为他们纳罕的同时，他们彼此却心如明镜：已经装满了对方，还怎么能容得下另一个人呢？那对别人是不道德，对自己也不道德。——他们当然知道：他们的爱情也有违最正统的人伦道德。都是学医出身，近亲不婚的道理还用别人对他们讲吗？

但是，煎熬着过了而立之年后，他们还是决定结婚。

所有的人都说他们疯了。

“我们不打算要孩子。”他们说，“我们结婚不是为了孩子，而是为了爱情。我们的爱情就是我们的孩子。”

对这两个显然已经不配再为人师表的明知故犯的疯子，医学院领导研究了很久，终于做出了惩罚决定：让他们两个去做门房。他们两个闻讯之后居然乐了。“我们以为会被开除呢。”他们说。

就这样，他们做了门房。一做就是近三十年。

我被震住了。

竟然有这样的事。竟然有这样的人。竟然有这样的爱情。竟然，竟然……

“死了都要爱”“因为爱，所以爱”“爱是一切，一切是爱”……在关于爱的造句上，人们一向竭尽所能。这些淋漓尽致的形容背后，无非是一种本质：为爱而爱。

为爱而爱，如此简单，但往往去爱的时候，就难得有如此朗利痛快。“用金钱来考验女人，用女人来考验男人。”有多少人在面临重重阻力或者百般诱惑的时候，会对爱情忠贞不渝？多少人的爱情只和自己有关，而和别人的目光、口舌或者某种或深或浅的功利无关？无数人的爱情似乎都是在剥橘子，真正打动他们的内容是那一瓣瓣金灿灿的橘肉。那些橘肉是什么？如果我们一一数来，都可以叫得上它们的名字：相貌、财产、房子、薪水、前途、工作、家世、背景、文凭、性欲、虚荣、传后……

爱情呢？爱情就是那一层被剥得支离破碎的橘皮。吃过了橘肉，就把橘皮随手丢进了垃圾斗。

不由得想起在报上读过的一篇有趣的随笔，题目是《在中国发生一起有质量的艳遇，好难》。什么是有质量的艳遇？这个有着鲜明的理想主义倾向的作者的标准是“坦荡、平静、自足、干净、优雅、美好”。让我看了就想微笑。这些标准真可爱，我想。然而，也不过是可爱而已。实现不了，没法实现。连爱情这种感情的正品都几乎无一不掺杂，更何况身为感情附属品的艳遇？因此，不艳也罢。

中国人素来实际。桃花开得再娇美，如果没有果实，就是“轻薄桃花”。牡丹开得再华贵，因为没有果实，也是“枉自风流”。而无花果虽然无花，却可以因有果而备受称颂。

生活不容易，我不怪大家都如此实际，但是，既然讲求实际了，就别再指望那些淋漓尽致可心可肺的爱。

爱情，从来就不是一件实际的事情。

也因此，我格外钦敬这对门房夫妇：这对为爱而爱的表兄妹，这对为爱而从教授降为门房的爱人，这对被无数世俗之人嘲笑的痴傻情种。无意之中，他们做了为爱而爱的表率。让他们做玫瑰苑的门房，我觉得，这简直是最合适不过了。

他们享受爱情，那是应该。

而太多的人无法享受爱情，那是活该。

情人备忘录

一个小女友喜滋滋又忧戚戚地跑过来，向我倾诉着甜蜜的苦恼：一个男人爱上了她。她也爱上了那个男人。男人很有魅力。当然是结了婚的——一般来说，只有被别的女人像肥料一样滋养过的男人，才会这么像模像样。

“他的家庭，幸福吧？”

“是。”她黯淡了一下，随即坚决，“不过，我也从没有打算破坏他的家庭。”

我沉默。如今的世道，哪个不是水晶心肝玻璃人？明知是坑还要跳，明知是火还要扑，那都是看定了的，劝也没用。

“你预备好了吗？”

“预备什么？”

我笑。

是啊，爱情。有了爱情就够了，还需要预备什么呢？但是，我知道，不是那样的，不是。洗衣服要预备洗衣粉，吃饭要预备碗筷，听课要预备笔记本。要当情人了，总要预备些什么的吧。哪怕只是下面这些简短的警告：

不要把自己变成烈女。这烈有二解。一是热烈。即使真的爱极了他，也不要让他知道你在深夜如何等他，你如何为他的一声叹息肝肠寸断，你如何为他憔悴红颜，你如何为他衣带渐宽……不要让他知道。他若知道，当然会心疼，但是之后就会得意，就会害怕，就会厌倦，就会越来越快地离开你。另一解是贞烈。不要为他守身如玉，不要为了他放弃其他爱情的可能。如果有合适的结婚对象，就迅速地抽身而去，为自己谋一个做妻子的机会，让他怀念你这个情人。很可能，他因此而来的怀念会比能给你的爱情还要多。

不要期望他会忠诚。如果将来你发现自己只不过是他的情人世界的几分之一，不要惊异，也不要气愤。他和你的爱本就是背叛家庭的结果，接纳你的爱就是他不忠诚的表现，忠诚的要求对他来说原本就是一个悖论。他是一棵树，已经有主干了。你是枝杈。一般来说，一棵树的枝杈不会只有一个的。因此，作为枝杈之一，要是还奢望忠诚的话，你就等着伤残自己吧。

不要轻易毁坏游戏规则。是的，这是一场游戏。无论你的态度多么隆重，都改变不了游戏的性质。尽管这场游戏是以你为绝对主角，你也还是得遵循游戏规则。规则很具体，也很通用：不要让自己和自己的任何信息出现在不该出现的时候；不要对他太过好奇；除了最基本的资料之外，你不需要知道太多；不要让约会的次数太过频繁；不要太讲究自尊心和权利；不要在看出他撒谎之后还要问“是真的吗？”；不要认为自己有资格去翻阅他的短信；不要在他不接第一个电话的时候接着打第二个，第三个，第四个……干吗不怜惜自己的手机啊。

不要把自己变成怨妇。情人不过是婚姻的补充。如果说婚姻的沉重和温暖意味着责任、义务、承担、契约，那么与之相反，情人的魅力和轻浮就在于无责任，无义务，无承担，无契约。情人关系的本质，就是激情之爱。因此，爱着的时候自不必说，与有情人做快乐事，他与你之间会有无师自通的体贴和默契。但等花盛放之后，必然会有凋零的季节，这时候，若是感觉到了凉凉的风，不要向他取暖，不要有所期待，也不要去做算术题。你需要做的，就是赶快把自己收拾得利利索索，然后断然离去——尽可能不被这风吹着，尽可能不患上感冒甚至更严重的后遗症，这才是最重要的。因为，这时候，他已经不会心疼你了，你要是再不心疼自己，那该多傻啊。

由这一条再引申出最后一条：

不要耿耿于怀，在分手之后。也许爱如幻影，但爱曾让你快乐。所以，仅仅因为爱过，就需要感谢。要知道，并不是每个人都有机会爱，都有机会被爱。

“你从哪里知道这么多不要？”等我的滔滔不绝告一段落，小女友睁大眼睛，如视妖怪。

我沉默。我所讲述的这些不要，都来自另一个女友。她曾做情人三年，常常身心俱疲，屡屡痛不欲生。后来嫁得一个忠厚男子，现在岁月静好，生活安稳，眉宇清朗，笑靥如花。

所有的经验都来自教训。但遗憾的是，这些经验往往很难让后来者获得有效的免疫。所以，《圣经》上那句话，说得是多么好：“日光之下，并无新事。”

裙子上的红茶

这是一个辗转听来的故事。

一群少男少女在夏季的假日里相约去喝红茶。在茶座上，大家谈笑风生，尽情地挥洒着青春的欢颜。兴致正高时，一个男孩子突然悄悄地拽了拽身边的女孩子，低声道："你知道卫生间在哪里吗？"

女孩子点点头，却不动身。许久，他又拽了拽女孩子的衣角："你去卫生间吗？"

女孩子摇摇头，困惑地看着他："你是什么意思？难道要我陪你上卫生间？"

"没什么意思，没什么意思。"男孩嗫嚅着，脸红了。

又坐了一会儿，男孩子的汗都渗满了手心。鼓足了勇气，他终于又对女孩开了口："你是不是该上卫生间了？"

"烦。"女孩子绷着脸，甩给他一个字。

男孩子再也不敢说话了。

喝完了茶，大家纷纷起身。这个男孩子紧紧走在那个女孩子身后，他犹豫了片刻，还是拉住了她："我可以单独对你说句话吗？"

"还是说卫生间？"女孩子的嘴角挂着冷笑。

"也许，你刚才坐的那把椅子有问题，"男孩子垂着头，自顾自地说着，"不知是谁把茶水洒在了上面，所以你的裙子后面沾上了一些红茶。"

女孩子微微一怔，连忙来到卫生间——裙子后面沾的当然不是什么红茶，而是血渍——她来了例假。

女孩子恍然大悟。当她收拾好走出茶座时，看见男孩子仍旧红着脸，站在外面等她。两人默契无语，相视而笑。

听到这个故事时，我的眼前不由得浮现出那个少年的羞怯模样。对于同龄女孩子微妙而敏感的生理话题，他的提醒是那么体贴，那么可爱，那么纯洁，那么干净，仿佛不染一丝世俗之气，让我这个暮气渐重之人，每每忆及，都不由得莞尔会意，如沐春风。

爱情不倒翁

她和他是大学同学。在最易生出爱情的年龄、心情和环境中相遇，两个人很自然地相爱了。他沉稳、善良、大度、体贴，她娇俏、活泼、聪明、伶俐。也许是因为符合了互补的原则，他们的爱一直都是很快乐的，几乎没有什么瑕疵。相比之下，他似乎宠她更多，也爱她更多一点。

那年生日的时候，他送她的生日礼物是一个不倒翁：可爱的公主穿着蓬蓬纱的裙子，刚好遮住圆圆的底座。她笑他老土："现在谁还玩这种东西。"

"这象征着我对你的爱情。"他说，"只要我不倒下，我的爱情就不会倒下。"

她笑了。因了他的注释，这个不倒翁的意义真的就有些不同了。无事的时候，她就让不倒翁摇来摇去：向左、向右、向前、向后，或者把它的头摁到桌面上，再松开手，看它蓦地骤弹起来，疯狂震荡。

有一个人像不倒翁一样爱着自己，真的挺好的。他的爱便像不倒翁的圆底座，执着地支撑着公主脸上的甜美笑容。

不倒翁是不会倒的，她知道。然而早知道这个结果似乎也让她有些莫名其妙的缺失感：它为什么不会倒？是不是真的不会倒？无论碰到什么情况，它是不是真的就能够去选择永恒坚守？她把不倒翁拆开，发现底座里面有一个厚厚的金属片，她把金属片取下，不倒翁顿时就倒了。——宛如她任性地与他分手，开始和另一个男孩尝试新的感情，而他也真的毅然决然地离开了她，再也没有回头纠缠一分钟。

他的背影让她失落。真是可笑，她自己也觉得。一方面知道不倒翁一样的感情是多么珍贵，一方面又不甘心这样一眼望到底的感情。总想像一个小孩子一样去品品别的滋味，是好奇，是新鲜，也是被宠坏的小孩子的劣性吧？然而又有多少女人不是被宠坏的小孩子？

小孩子有小孩子的逻辑。和那个男孩不久就分道扬镳了，她还是觉得他好，于是又找到他。没想到他拒门不纳。

“你答应过我，无论怎样都不会离开我的。”她蛮横无赖地说，“我以为你不会像我一样背叛，我以为你真的像不倒翁。”

“是你把不倒翁毁了。”他说，“不倒翁不怕外来的打击，但是怕在里面毁它。”

“再装不可以吗？”

“你以为爱情真的是玩具？”他说，沉默片刻，“你问出这样的问题来，证明我离开你是对的。”

回到房间，她久久地看着那个依然笑着的不倒翁。是的，他是对的。她知道了，她从里面毁了他的爱情，用轻视和挥霍毁了他的尊严和倾情。她以为这是可以修复的，没想到却不可以。因为这是他最沉的金属片，是他的爱站立的基础，是他爱情不倒翁的重心。

不是什么都可以重来的。不倒翁就这样被她拆掉了。拆掉之后的不倒翁，即使承诺的繁多如底座浇铸了纯钢，也禁不住一指的轻轻推搡。

有一种桥，永走不尽

没有人知道，在她脱俗的外表下，藏着一颗多么功利的心。

除了她自己。

尽管，功利的缘故往往是因为不得不功利——谁都想让自己生活得更好一些。但是，心存着一份功利，神情到底不如那些无须功利的人一样明朗和坦荡，总是流露出一丝压抑已久的自卑和不甘。大学生活已经接近了尾声，同学们早已开始为毕业后的出路而忙碌，她和大多数人的处境相似，没有什么太理想的可能。出身贫门，家境清寒，无权无势，学业也并非出类拔萃，命运凭什么一定要厚待自己？

然而，她还是不甘。青春的快车道里，迟一步就是迟百步，她明白。对于自己明白的道理，她不想让自己明知故犯。

幸好，她生得美。

她取出了自己最珍贵的赌注。

“可以让我看看这本书的目录吗？”那天黄昏，在图书馆，她轻启朱唇，淡淡地问对面的男孩。

男孩看了她一眼，脸顿时涨红了。其实这个时刻，他蓄谋已久，心都快生了茧。

他慌慌地把书递过去：“你也对这本书有兴趣？……”

从此，情海生波，再无宁日。

男孩相貌一般，但为人中肯，不乏聪慧，却绝不滑头。最重要的还有两点：一、他一直都在默默地倾慕她；二、他的父亲是一位显赫的高干。

花前月下，海誓山盟。她如一位演戏的高手，坦然地做着这一切。有时，她自己都以为自己真的爱上了他。

“一定一定要记住，桥归桥，路归路。桥既然是桥，就总有一天会走过。如果把桥看成是路，那害的才是我自己。”一个人的时候，她常常这么悄悄地对自己说一番，就会慢慢地冷却下来。

“你到底有没有一点儿爱我？”似乎是有什么预感，男孩有时会这么不自信地问。

“又不是称东西，什么叫作一点儿？”她心虚地笑，“你爱我有多少点儿？”

“那不是一点儿，是整个儿的。”他说，“可是我却觉得你和我不一样。”

“男人和女人当然不一样。”

“我是指爱情的投入。”

“你干脆直说我根本不爱你好了。”她尖锐地说。她知道有时把话讲得狠一些并不可怕，反而会显得自己振振有词，“那我干吗还要和你这样？你是不是以为我是在爱你的家庭，你的背景？那好，我不沾你了行不行？”她的神情怒极，“往后，咱们各走各的，我不敢要你真挚的爱情，我也不敢给你虚伪的爱情！”

他忙赔笑道歉，顿时妥协。

水到渠成。盛夏来临之际，他和她双双找到了理想的工作。一年的试用期里，她小心翼翼地与他保持着温度。试用期满后，她开始有计划有步骤地疏远他。她含蓄地找碴子，文雅地挑骨头，蛮横地耍脾气，尖酸地弄小性，用各种恰当的借口与巧妙的理由冷落着他，淋漓尽致地发挥着自己不可理喻的任性，想让他主动提出分手——似乎在她的感觉里，这样就不那么亏欠他。

“你，到底有没有一点儿爱我？”一次，她大闹之后，他忽然静静地问她。口气里不含一丝的愤怨，纯真得如一个未染尘霜的孩童。

“以前，是有。”顷刻，她艰难地说。

“真的有吗？”他又静静地追问。

她不敢看他的眼睛，泪水哗哗地淌了她一脸。原来，他什么都知道。他只是在用最大限度的认真去和她配戏。

“傻瓜，以后千万别这样了。多危险啊！你以为天下的男人都像我这样好欺负吗？”他用宽大的手掌擦着她的泪，“以后别再借桥用了，要学会自己游泳。”

她哽咽难言，越发难过，却不明白自己在难过什么。直到他离开许久，她才想到追到窗边去凝视他的背影。

数年过去，她又经历了几次恋爱。奇怪的是，这些毫无功利目的的恋爱却都转瞬即逝，让她一次次失去了兴趣与感觉。一天晚上，她辗转难眠，居然惊骇地发现：在自己的灵魂深处，装的竟然还是那个被自己当作“桥”的人。而再也没有一个男人会像他那样，连自己对爱情的利用和亵渎都可以毫无芥蒂地理解、原谅和宽容。

这一种宽容，让她今生今世再也无法走出。

她犹豫了很久，终于拨通了他的电话。

“喂，你好。”她听见他说。

她没有作声。

“是你吗？”静了一会儿，他说。

她的泪水落在话筒上。

“为什么？”他又问。

“因为，桥不是桥。”她说。

桥归桥，路归路。人生的许多经历和状况，我们都习惯了用截然不同的标准去划分。但是我们并不明白，桥与路在许多时候是分不清楚的。你以为永远也走不尽的长路，其实也许是一座有头有尾的短桥，而你以为过后即可拆掉的一座小桥，却也许是一段你一生也走不尽的长路。

一个字和另一个字的婚恋

在方块字的世界里，有两个字相爱了，可是他们总到不了一起。每当被人们写出的时候，他们总是相隔很远，有时候隔着几行，有时候隔着几页，有时候隔着几十页，有时候甚至不在一本书里。在他们两个之间，每一行都像一条河，每一页都像一堵墙，每一本书都像一座山。他们常常被思念煎熬着，在极端的甜蜜中也忍受着极端的痛苦。终于有一天，他们成长到了被允许结婚的年龄。他们一起来到了造字者那里。

“请让我们结婚吧。”他们请求说。

“你们真的相爱吗？”造字者问。

“是的。”

“相爱不一定都要结婚。你们一定要结婚吗？”

“是的。”

“那好吧。”造字者说，“你们结婚后有三种生活方式可以选择。

一、谁也不会限制谁的意义，在相爱的同时仍然可以保留着自己的完整。这种方式是让你们作为两个独立的字去相爱。按新潮的观点，是在相爱的同时依然拥有自己的个性。二、你们只为彼此而活，谁离开了另一方都无法存在，你们只有在一起时才会具有意义。这种方式是让你们作为一个词去相爱。从传统的角度，这种对彼此的坚守当然是一种珍贵的浪漫。三、这种方式是最普通的方式，也是绝大多数字婚后的方式。在这种方式里，你们和对方在一起时是有意义的，但是和别的字在一起时也有别的意义，也就是说，对方可以是你们很好的伴侣，但对方并不是唯一的选择。你们的爱情在这种状态里也很温暖，但是并不纯粹，甚至有时候，你们的爱情并不像爱情……”

“不要这种！”两个字一起说。他们选择了第一种作为两个独立的字生活在了一起，如天和真，公和主，沙和发，十和分。他们在一起时是有意义的，但是这种意义果真并没有影响他们各自的独立和完整。他们常常被人用在一起，但是一个小小的标点符号就可以把他们毫无牵扯地隔开。有时候甚至不需要标点符号，一个微妙的语气停顿都会让他们之间的界限泾渭分明。

日子久了，他们对自己的这种状态也疑惑起来。他们觉得，他们在一起是那么貌合神离，像是在各自的内心旅行。

“我怎么总觉得我们不像结过婚的样子呢？”一个字说。

“更像是同居。”另一个字也说。

他们找到了造字者，请求他允许他们换成第二种方式，造字者同意了。于是他们变成了紧紧偎依的两个字，走到哪里都形影不离，而一旦离开彼此就都失去了意义。就像踌和躇，琵和琶，尴和尬，蜻和蜓，蜘和蛛，咖和啡，乒和乓，蝴和蝶。只要一个字出现，另一个字必定也在一边。若是单独的一个字，这个字就失去了内涵和灵魂。他们只有彼此，再无其他。

两个字这样生活了一段时间。当然，开始时他们是很满足的，觉得这真是神仙眷侣的日子，无可挑剔。可是，渐渐地，他们就对彼此的面容淡漠了，直至厌倦。

“你不觉得我们这样的生活很没有意思吗？”一天，一个字向另一个字质询。

“你是不是想再换一种方式？”

“如果可以，为什么不呢？”

他们第三次找到了造字者。

“这是你们最后一次机会了，你们可要慎重考虑。”造字者说。

“我们考虑好了，反正其他两种方式我们已经知道了，这种就是不尽如人意，我们也没什么可抱怨的了。”两个字说。

于是他们来到了第三种状态里。这一次，他们真是快乐极了。他们发现他们既有相当的自由，又可以随时保持着联系；既可以在有兴致时待在一起，又可以在腻烦时去和别的字进行新的搭配。这使得他们既品尝了家庭的温暖，也拥有了去邂逅其他美妙际遇的可能。这真是一种最理想的方式！他们不止一次地庆幸着自己的选择。

遗憾的是，一段时间之后，他们对这种状态也产生了异样的感觉。他们开始觉得这种方式既不如第一种洒脱，也不如第二种纯情；既不能拥有第一种的奔放肆意，也没有第二种的深刻专一。爱，是有的，但是这爱并不神圣；情，也是有的，但是这情并不高洁。他们的爱情和他们的词性一样，既和原来的那个字适用，也有着与其他字组合的多种可能——甚至事实。他们看似左右逢源前后不失，其实只是一种世故的妥协和庸常的投机。可他们必须得在这不高不低、不青不红的状态中走完自己平凡的情感命运。因为，他们已经没有别的选择了。

于是他们没有再说别的，他们知道已经没有什么可说的了。任何一种方式对他们来说都是有缺陷的：让他们凭着个性去尽情潇洒时，他们没有容纳这种潇洒的丰富广阔的飘逸胸襟；让他们情有独钟厮守一生时，他们也没有始终投入矢志不渝的纯净意志。他们在浪漫时渴望安全，在安全时又渴望浪漫。他们总是想兼而得之。可是他们却不知道，他们在兼而得之的时候，正是兼而失之。

这两个字至今还生活在浩如烟海的字典中，我懒得列举出他们的名字，因为这样的字太多了，多得就像那些在紫陌红尘里纠缠着的无数的男人和女人。

只输爱情

江是个好同志，属于慢热型。友情、爱情都是。当年我在北京和她合租房子的时候，第一天就约她一起做晚饭，她拒绝得嘎嘣脆。于是我每天都做好晚饭等她，她吃了几天，有点儿不安，就开始和我轮流做饭。后来她做得比我还多，还好，还负责。

很难先投入，一旦投入了就决不欠人，她就是这么一个女子。心地善良，温柔细腻，静如秋水的容颜下，看久了，就会有浓郁的娇媚和可爱显山露水。作为同性朋友，我比较方便地见证了她的种种美丽和美德。但我也清楚地知道，她的这种含蓄美在北京的茫茫人海里，是多么容易被湮没。

处了一年，我回到河南，她长居北京。经常通电话，她偶尔会告知我：又去相亲了，没感觉。地铁里碰到一个男孩搭讪，挺逗。再或者，有什么人追她，她如何逃避。都是有头有尾的，就是没戏。等到她终于开始频繁地集中地提一个人的名字的时候，我松了口气，知道她恋爱了。他们是熟人介绍的。他对她一见钟情，攻势猛烈。她起初不动心，后来就垮了。垮得好。我替她高兴。只听她一言一语都是他：他去美国进修了，他去天津出差了，他给她发短信了，他请她去听音乐会了……他来了。每一个细节的幸福都来了。而随着幸福的溢出，她开始回馈。我能够想象出她回馈得多么疯狂和纯粹。

突然有一天，江打来了电话，失声痛哭。他提出了分手。在她正想象着踏上红地毯的时候，他没有一点儿预备姿态，就提出了分手。这个急刹车似乎一下子就把她的幸福之车摔下了悬崖。她问他为什么。

“你对我太好了，我受不了这好。”他说。

多么荒唐的理由。她不相信。对人好还会有错？她慢热，也慢冷。在该冷的时候，她冷不下去，内心的烈焰要把她焚毁了。她不甘心放弃，三天两头去找他。“做你的普通朋友就行。”她如此对他掩耳盗铃，自欺欺人。

“那你记住，我出来只是为你好。”他说。他把和她见面看成了对她的安慰、施舍和怜悯。他居高临下，因为无爱，他得以成为君王。而她反过来，成了卑躬屈膝的奴仆。明知道与他见面对自己而言是一场羞辱，还是忍不住要见，想见。

这当然是恶性循环。我明白，她也明白，所有的人都明白。她也急，也恨自己，无处可说，就只有把我这个远方朋友当成那个负心人来问：“我有什么不好？为什么会落得如此下场？”我无话可答。当然可能会有很具体的原因：比如，他在征服了她之后又想在别的女孩子身上再造成就感；比如，他对她的激情已经过了保鲜期，正在腐烂；再比如，确实也是她的好让他觉得沉重，不能负担……但这种分析有意义吗？我想起一个笑话。一个男人爱上了一个女人，女人却不爱这个男人。男人说："你到底不爱我什么？告诉我，我改。"女人说："你到底爱上了我什么？告诉我，我也改。"

就是这样。就爱情而言，更本质的不是好不好的问题，而是爱不爱的问题。爱是爱的一切理由，不爱是不爱的一切理由。就是这么残酷，不容商量。如那句禅语：

君从何处来？
从来处来。
君到何处去？
到去处去。

爱，也是如此。从来处来，到去处去。如果一定要算计，结果其实也是无可挑剔的：他离开了自己不爱的人，她失去了不爱自己的人，公平无比，各得其所。

婚姻的要义是经营，爱情的本质是赌博。既然是赌，就愿赌服输。然后，积累资本，再开一局。当然，下一局也不一定赢，但较之已经输得血本无归的那一局，总归希望要大一些。所以，亲爱的朋友，就让这爱去吧。如果死拽着它，我们失去的，就绝不仅仅是爱情了。请让我们只输爱情，不输其他。

花朵正中，是蕊

下午。图书馆里。天韵正漫不经心地读着毛姆的小说《刀锋》，突然间，一个身影淡淡地涂到了书上。一晃，又一晃。

天韵知道，是郁潮来了。他从大一就开始追她，一直追到现在大四。谁都知道他是她的爱情牛皮癣。天韵婉言拒绝过，他说只要她还没有所爱，他就仍要坚持。她也只好随他。有那么一丝丝恻隐和仁慈，也有一丝丝愉快和安慰。当然愉快的成分远远大于安慰。有人追毕竟是女孩子的虚荣。除却画兰算是一个比较特别的专长，其余的她，不过是最普通的女孩子。

然而，今天她的心情很坏。早上起床，手表在忙乱中摔坏了。中午头饭，前面那个人的菜汤又不小心溅到了自己的真丝白裙上。午饭后，同室的两个女生因为一个踩了另一个的运动鞋大吵了一通，重要的午休没有正常进行，使得她头痛欲裂。于是，看到郁潮时，平素的恬淡水波突然成了暴躁激浪。

“天韵……”

“别说了。”天韵打断了他的话，平静而迅速。被追的女孩子有任性的特权吧？天韵有天韵的任性方式。

“我……”郁潮靠过来，微红着脸。天韵闻到了一股酒气。她环视了一下周围，想尽快把他打发走。

“天韵，我……”

“他是我男朋友，”天韵指了指对面的男生，简洁道，“明白了？”

看了看对面，又看看天韵，郁潮涨红着脸，木在那里。天韵忽然觉得他很可怜。其实，他是一个公认的优秀男孩。

“天韵，怎么不让人家坐？”对面男孩突然抬起头笑道，又把脸转向天韵身边，“有时间的话一起吃晚饭。”

郁潮一垂头，跑出了图书馆。

天韵长嘘了一口气，看了看那个男孩。他也正在看她。他们的目光一碰，又一碰。她有些尴尬，点点头，站起身，准备离开。

“天韵，”男孩的声音却温和地响起，“我的利用价值就到此为止？”

“谢谢。”天韵说。

“这么简单？”

“你要怎么样？”

“报酬。”

“你值几个钱？”天韵尖刻起来。

“你说你的男朋友值几个钱？”

“一钱不值。”天韵的唇间迸出这几个字。

“换个说法就是无法估价？”男孩仍然温和地笑着。天韵的脸再也绷不住，不由得笑了。

走出图书馆时，他一直把天韵送到女生宿舍楼下，方才问道：“刚才图书馆里那么多男生，为什么单单指中了我？”

“因为你的面目看起来没有那么讨厌，脾气看起来似乎也不错，还有，”天韵沉吟，“你的身体看起来也很棒，打架估计不怯。”天韵说着，头也没回便上了楼。走到楼道拐角处，她透过玻璃窗看了看那个男孩的身影，不由得又笑了。

他是经济管理系的，名叫康泽。

话如果好好说，效果就会产生得比预料得要多，或者要少。他们就属于又多又少的那种。多的时候没有缝隙，少的时候全是空白。然而，空白也是没有缝隙的，满满的，密密的。是春天的梨花聚在一起，齐刷刷放出雪亮的芳香——天韵不得不承认，康泽是那么适合自己。

“那天，你到底想要什么报酬？”一日熟似一日，亲切和放松使往昔的很多细节都开始返青。天韵问。

“你在学生艺术节上展出的那幅兰花。”

“你怎么知道我画兰花？”天韵瞪大了双眼。

“早就觉得那幅兰花画得好，所以记住了你的名字。不过把人和名字对上号，还是郁潮的功劳。”他又惋惜，“那幅画似乎只获得了二等奖。评委们太没眼光。”

“不是评委们没眼光，是我少画了一样东西。”

“什么？”

“兰蕊。”

“为什么？”

天韵沉默了一会儿：“不为什么。”

天韵学画兰花已经有十八年了。四岁的时候，在美协工作的母亲就让她拜了一位国家一级画家当老师，教她画画。老师给了她一套发黄的《芥子园画传》先让她不求甚解地背念。她不喜欢山水人物，也不喜欢草虫鸟木，却单单喜欢竹兰菊梅的那一本。而《兰谱》又在这一本的最前面，因此她读来读去就只把《兰谱》背熟了，最后竟然只愿意学画兰花。

“兰花有什么好？”康泽问她。

“宋朝名士王贵学说过：‘挺挺花卉中，竹有节而啬花，梅有花而啬叶，松有叶而啬香，惟兰独并有之。’兰花窈窕多姿，叶态优雅，花素而不艳，香幽而气清，它这么好，我怎么会不喜欢画兰花？”

“就像你。”康泽道，“我知道郁潮为什么会那么迷你了。”

天韵啐了一口，笑而不语。她越来越觉得在许多事情上无法拒绝康泽。

“那幅兰花图什么时候给我？”每次见她，康泽都会这么问。

“还没有点蕊，怎么给？”天韵皆如是说。

“点上不就行了吗？”

“还不到时候。”

“什么时候才算是到时候？”

“你自然会知道。”

恋爱了半年，康泽一日日地瘦下去。初冬下了第一场雪，康泽把一个大箱子搬到了天韵的宿舍。天韵小心翼翼地打开，是一盆盛开的草兰。

“在哪里买的？兰花很贵。”天韵轻轻道。

“别说这么俗气的话好不好？我不送你兰花，你怎么送我兰蕊呢？”康泽笑道。

“哪里来的钱？”天韵说，“是不是像你的室友们说的那样，克扣了餐费？”

“只是想减肥。”

天韵静静地在兰花前坐了一会儿，从柜子里取出了那幅卷轴兰花。康泽打开，上面的兰蕊已经点好了。轻灵生动，跃然纸上。

“你知道我为什么不轻易点蕊吗？”天韵缓缓地说，“因为我总觉得，兰蕊对于兰花，就像爱情对于女人。”

康泽默默地把天韵拥到怀里。

在草兰开谢的馨香中，大学生活很快到了尾声。因为天韵的画在全国获了大奖，引起了美术界的关注，被留在省文联。康泽也想留省城，但只要有些想象力就会明白，留城之路对于无权无势的他来说，是另一种意义的长征。

毕业前夕，郁潮来找天韵。图书馆事件之后，这是他第一次来找她。借舅舅的力，他的分配也有了眉目。问起康泽，天韵如实说了。郁潮沉默了许久。“或许我可以帮上忙。”他说，“只要你好。”

天韵扶住碧桃树下的栏杆，双眼酸涩。郁潮让她愧疚，也让她难过。她甚至恨他的诚恳和专情——如同其后她恨康泽的雀跃和兴奋。“太好了！太好了！”康泽一遍遍地说。天韵冷眼看着。康泽却不允许她冷眼，一把把她揽到怀里，吻下去。

康泽被分配到财政系统。郁潮的舅舅要的回报只是一幅兰花。

一切步入正轨，领结婚证那天，他们喝了一瓶红酒。每次举杯，康泽都说着同一句话：“你是我的蕊，我是你的蕊。”

一遍又一遍，如难弃难离的幸福咒语，愈说愈深。天韵终于落泪。她打开自己，任康泽的笔，点自己的蕊。抱着康泽的身体，她想：就这样，就这样吧。一朵兰开，有叶可舒，有瓣可绽，有蕊可点，是多么好多么好的事。

婚后的天韵，又推开了一扇崭新的大门。柴米油盐酱醋茶，琴棋书画诗酒花。截然不同的两个世界，她站在中点，开始一个小数点一个小数点地离疏后者，靠近前者。儿子出世之后，靠近的速度更是意想不到的快：康泽的衬衣该熨了，儿子的尿布该洗了；康泽的皮鞋该擦了，儿子的户口该报了……康泽，儿子，儿子，康泽，这就是她最重要的生活。她不是不明白其间的单调、琐碎、艰辛、平庸，甚至是无聊。但是，凭着康泽的那一句话，她觉得这一切便都有了结果。

“你是我的蕊，我是你的蕊。”

对天韵来说，这是对爱情最深刻的理解和赞美。

此后的康泽，正春风得意，欲平步青云。先是如鱼得水地在机关里摸索了几年，熟悉了所有的关卡，领悟了所有的窍门，然后辞职到大公司做高级白领，很快升至领导白领的银领，然后自立门户做了金领——很容易想象的，还会有宝石领和钻石领。正如由冒号开始，一个瘦弱的顿号长成了一个流畅的逗号，又长成了一个丰满的句号，此后，还遥遥可望惊人的叹号和前程无量的省略号。而家对他来说，则如一个无法长久停留的顿号——早出晚归，中间三个电话，如社会上所有流行的成功而忙碌的标准丈夫。对此，早已习惯的天韵也没觉得有什么不好。无论谁是蕊，只要三个人在一朵花上，就够了。她想。

四年之后，儿子上了幼儿园，中午不用接。房子似乎突然空旷了许多。天韵重新找出了画笔，细致地洗着灰尘。

“我要画画了。”中午，康泽往家里打例行电话时，天韵说。

“是吗？”康泽不经意地说，“不要太辛苦。卖不了几个钱。不过你要是喜欢以此消遣，就随你好了。我跟雅墨斋打个招呼，那里的四宝都是上好的，你随便拿就是。”

天韵蓦然怔住了。话筒里的声音，她觉出一种怪怪的陌生。

画，还是一幅幅地多了起来，依然是兰花。天韵就这么无争无比地画着，以为日子就会这么一天天地过下去。直到听到有朋友用充满同情的口吻对她无比谨慎地说起康泽和那个女人。

那个女人，是康泽去年招聘的职员。喜欢穿大朵大朵牡丹花的旗袍，光艳四射，妖媚八方。把业务开展得红红火火，也把秋波送得滚烫滚烫。没几个回合，康泽就觉得，在牡丹的浓烈里，兰花的清芬淡似若无。

其实他也知道她爱的是他的钱。可是，这样也好，一手交钱，一手交欲，轻松、明白、新鲜、刺激，甚至让他上瘾。因为在她面前他可以尽情粗俗，可以为所欲为，可以释放最大的疯狂。而对天韵，除了一如君子，他不知道自己还适合什么方式。

然而康泽没有想到：疯狂都是双向的。在他刚有意甩开牡丹时，他被蓄谋已久的她在床上录了像——这个摩登世界最常用也最有效的敲诈手段之一。面对主角是自己的色情片，他填了一张又一张的支票，手渐渐地干了。内忧和外患向来是亲密战友，其他麻烦一起涌来。他恐慌的节奏开始加快。

但牡丹并不满足。她要的是他的公司股份。

他和她僵住。知道她是个无底洞，再耗下去，他必会全军覆没。而一旦翻脸，他的下场便有两个：一、身败名裂；二、天韵和他离婚。身败名裂还有机会东山再起，与天韵离婚之后还有可能重温旧梦吗？

他没有把握。而他知道，一旦失去，此生他再难遇到天韵这样的女人。“入芝兰之室，久而不知香。”此时他才意识到，他的嗅觉已经何等残废。

康泽绝望如灰。下班后，众人去尽，他就默默地窝在沙发上，一小时一小时地熬，熬到深夜再回家。然后躺在天韵身边，一夜夜失眠。

“康泽，我有话对你说。”接到天韵这个电话，康泽知道：有些事情，逃避永远不如坦白彻底。好在坦白也有奖赏：他踏踏实实地睡了一觉。

“这件事情交给我。”次日清晨，天韵说，“之后，再办我们的事。”

康泽虚脱似的趴在床上，忽然间，痛哭失声。

“你自己也知道，你快把他的钱诈干了。没有了钱，这种小公司的股份还有什么意义？他要真和你闹个鱼死网破，他固然没有好下场，你也会落个敲诈罪。两败俱伤，玉石俱焚，又是何苦？劝你以后做事千万别这么绝，歹毒的名声传了出去，以后还有哪个男人敢让你傍？”天韵面如止水。

“鱼死网破？他敢？”牡丹上吊的眼梢溢出不屑的笑。

“他不敢。我敢。”天韵翻开手机盖，“刚才的谈话我有录音。听。”

牡丹站起，抻抻身后的衣褶：“算你厉害。我和他的账就此算清。没想到康泽还有这么一个老婆，可见以前的眼光还可以，不过后来瞎了眼。”她走到门边，又回头，“其实你还得感谢我的歹毒。我要是不这么歹毒，你男人的毛病能改吗？另外，还有一点我得向你说明：我之所以这么歹毒，是因为我压根儿就没打算一辈子傍男人。我现在傍，就是为了以后不傍。像你们这种女人，才是习惯了一辈子傍男人的。”

高跟鞋如锥子般一下下地敲在地板上，越来越远，终于消失。天韵仍怔怔地坐着，牡丹最后的话语在耳边如雷轰响。她忽然想起国画老师对她说的描述兰叶风情的两句诗：“泣露光偏乱，含风影自斜。”

她蓦然明白，乱的是自己，斜的也是自己，不仅仅是康泽和牡丹。

“天韵，求求你，不要离婚……”深夜，康泽坐在地板上，如孩子般失控恳求。气宇轩昂的大男人，从来没有这般颓丧过。天韵默默地看着康泽的乱发，想着自己在这种俗滥故事中的角色，忽然觉出有些漫画般的荒唐。

“其实，想想，我真的还得感谢她。”天韵缓缓地说，“如果不是她提醒，也许和你分开只是暂时的事，我还会等你忏悔，等你回家，重复以前的生活，不会深究什么。因为，正如牡丹所说，惰性已经让我习惯了依傍男人，依傍爱情——即使是已经枯萎的爱情。我不敢面对失去爱情和没有男人维持的生活。我只有掩耳盗铃，自欺欺人。现在，”天韵的目光直视着康泽，“我知道错了。”

康泽茫然地看着天韵，似乎她使用的是外星人的语言。

“以前，你是我的蕊，我是你的蕊。后来，你是我的蕊，我不是你的蕊。现在，你说我是你的蕊，而你已经不是我的蕊。其实，”天韵一字一字地说着，仿佛在作一幅极具章法的画，“我们从来都不是彼此的蕊。我们曾经以为是，那是因为我们当时都不明白蕊意味着什么。现在，我明白了。”

“那你说说看，”康泽天真地抬起头，“你说什么就是什么。”

天韵无语。

离婚之后，天韵带着孩子步入了另一种节奏的生活：接孩子，送孩子，上班，下班，做饭，洗衣，看望父母，挥毫作画……其实和以前的生活没有什么太大不同，最大的区别就是少了一个深夜回家的男人，还有就是晚上居然可以无牵无挂地睡个好觉。天韵方才明白：最可怕的不是失去之后，而是失去之前。正如初学溜冰的那些人，刚上场时，无不战战兢兢，可是一旦摔倒，却反而开怀大笑——因为，人们往往不知道自己会以哪种方式摔下去，却能够无师自通地领悟自己该以哪种方式站起来。

康泽忙着重整河山，公司逐步恢复了精神。此后的他少了张狂和凌傲，多了稳重、沉着、宽容，甚至忍耐。精明和睿智当然丝毫未减，事业便操作得比以前大气许多。紧张的工作之余，他常给天韵和孩子打打电话，隔一段时间送一盆兰花，以至于后来天韵的办公室和家里都摆满了形形色色的兰花。

一天，他遥遥地在街上看见天韵和儿子一起过街。天韵浅绿长裙配白色玲珑上衣，儿子一身大红短衣短裤，一个如淡雅的兰花，一个如甜爽的苹果。忽然，他们母子都模糊起来。他连忙打开雨刷，雨却仍旧淋漓。他探出头，却发现车外阳光明媚——原来是他眼里落雨。不知何时已泪流满面。

但是他从来不去找天韵，在没有明白蕊的意义之前，他觉得自己无法面对天韵。

离婚的消息渐渐散开，郁潮便踏着涟漪而来。他人在仕途，妻贤子慧，一帆风顺。他们相约到咖啡馆，他告诉她，当年以舅舅的名义要的那幅画，其实一直是他珍藏着。这是天韵早就料到的。

“我对你，你一直是知道的。”

天韵看着咖啡杯壁上自己修长的指形和郁潮隐隐起伏的肚腩。是的，她知道。他中她的毒太深了。或许他一直都是不甘心的，可又能怎样？

“你是兰，我可以给你一座温室。”

“是外室吧？”天韵的声音很轻。

郁潮青着脸色沉吟：“离婚需要时间，你知道的，天韵。”

“那幅画，你仔细看过吗？”天韵岔开话题。

“当然。无数遍。”

“最有神的是不是蕊？”

“好像是。”郁潮看着天韵，狐疑由淡至浓。

“你知道为什么蕊最有神吗？”天韵自顾自说下去，“因为在一朵花里，只有蕊是至贵至尊的——你知道蕊为什么至贵至尊吗？”

郁潮沉默。

“因为她在花朵正中。”天韵微笑，“所以，谢谢你的咖啡。”

天韵的兰图境界越来越佳，省美展、全国美展接连入选，近日又在国际美展获了奖，备受瞩目。一家文化大报专版介绍了天韵和她的画。康泽细致入微地把这张报纸读了无数遍。文章里提到，天韵于某日将应邀到某美术学院举行一场专题讲座。

康泽的心怦然一动。思忖了片刻，他还是把手伸向了电话，拨通了航空公司的订票热线。

金色的阳光透过宽大的玻璃窗温柔地倾洒在美术学院大教室的讲台上。天韵含笑端坐，和学生们如聊家常：“画得再好也不如兰花的本色好。兰花共有三种：草兰、惠兰和剑兰。草兰叶短而细，惠兰叶长而粗，剑兰叶阔而劲。各具特色，美不胜收。”

“您最喜欢哪种？”

“以前喜欢草兰。”天韵顿了顿，“现在更喜欢剑兰。”

“画兰花首先应当注意什么？”

“这个答案很现成，《芥子园画传》上说：写兰之妙，气韵为先。墨须精品，水必新泉。砚涤宿垢，笔纯忌坚……还要不要我继续背下去？”教室里的人会意地笑起来。

座谈之后，是现场作画。人们团团围住了天韵。兰叶纵横交错，疏密合拍，相映成趣，风神生动。兰瓣浓淡相宜，滋润透明，仙姿绰约，朵朵不同。兰蕊传神如睛，舒展自由，潇洒恬雅，暗香浮染……众目睽睽之下，天韵笔笔成诗。

“人们都说您的兰蕊点得最有意味，谈谈您的体会好吗？”有人问道。

天韵收住笔："很简单，就是用自己的心点自己的蕊，"她轻轻地说，"就像有人把爱情和婚姻当成蕊，有人把金钱和事业当成蕊。其实，这些不过是兰瓣而已。真正的蕊是生命的核心，花瓣落尽也不会凋零。所以，我们必须有自己的蕊。有了它，我们才有蜜源，才有花香，才有精神和灵魂。"

教室里鸦雀无声，静默中含着些微的惊讶。人们有些不明白，刚才言语切近的天韵为何会把话题扯得如此茫远。没有人注意到，在人群的最外围，默默地站着一个中年男子。他是最懂得这些话的人。

你是电，你是光

那天，和一个朋友聊天，她津津有味地说起自己“被初恋”——被人初次暗恋的经历，问我有没有。我斩钉截铁地说：“没有。”回家的路上，眼前却突然闪现出一个男孩子的面孔。

我的“被初恋”，男主角应该是他。

他姓郑，是我的初中同学，除了体、音、美，其他各科都是最差的差生。我则是个不折不扣的优等生。除了用一点点小聪明把自己的学习成绩搞到前三名之外，我的其他精力都在为虚荣心做贡献：作为年级大班长，我拥有统管整个年级的纪律、卫生等重大权力。在自个儿班里当然也是霸王，对谁都敢指手画脚，喋喋不休。在那个男女生互不搭腔的变态时代，我像一条无所畏惧的鲨鱼，在男生和女生的团队间游来游去。无论友好不友好，反正是个“大使”。日子久了，大家似乎也都默认了我和男生自由交往的权利。于是，在班主任发起的一项优生帮助差生的活动中，别人都是男帮男，女帮女，只有我大义凛然地指着郑说："我帮他。"

座位被调在了一起，我开始了我的帮助行动：数学课给他讲习题，语文课帮他构思作文，英语课帮他提单词……对于我的帮助，起初他是漫不经心的，有点儿看笑话似的。直到有一次美术课上，我和他一起画美术老师的漫画，他看到我比他画得还好，还怪，还调皮，才开始转变态度，积极配合。但是，他有些太积极了。老师在上面讲的时候，他一字不听，只等放学后我给他讲。我为此批评过他，威胁过他，他却全不在意。后来我才明白，他是有意而为之，目的是想和我单独待那么一会儿。而我因为和他赌气随手画的那些画，也都被他珍藏在了他的画夹里。

火眼金睛的老师很快地发现了端倪，在我尚且懵懵懂懂的时候，就把我们调开了。然后就是热火朝天的初三，我和郑被分到了不同的班。我在快班，他在慢班。再然后，我转学到了县城。而郑，据说不久就辍学了。

转学之后，我每个周末都要从县城回家，周日再从家到县城。途中正好经过郑居住的村子。我发现，几乎每周在奔波的路上都能碰到郑。一次是偶然，两次是偶然，三次，四次……似乎就成了一种约定。四五十里的路，他总要陪我走大半程，对于这种陪伴，我想我是喜欢的。但对这种陪伴的意义，我却不甚明了。

初中毕业，我上了师范学校，和郑开始通信。刚刚求学在外，对家乡信件的感觉是新鲜而亲切的。他来一封，我回一封。其实里面无非是些青春期的感叹和情绪，没有什么实质的内容。若论信的质量，我承认他的更好一些，更用心一些。他常常会有一些奇巧的做法，比如把信纸叠成各种各样的花式，比如把我的名字镶嵌在一首自作的诗里，比如不是写而是画一封信。

师范即将毕业的那一年冬天，寒假回家，下了大雪。我正拎着扫帚在院子里扫雪，一个亲戚上门了。她是来找我的。她是我们村的媳妇，她娘家和郑一个村。她直截了当地传达了郑的父母提亲的意思。我震惊之余，勃然大怒，几乎是用扫帚把亲戚赶出了家门。愤怒的原因很简单：我断定是郑授意他的父母这么做的。他玷污了我对他纯洁的友谊。盛怒之下，我给郑写了一封措辞严厉的信，也是我给他的最后一封信，说我已经把他的信都烧掉了，也要求他烧掉我给他的所有的信。说我们之间已经没有任何可能，爱情友情都是如此。不久，他回了信，口气很无力，却也很倔强。他说你是我的初恋，我不能忘记你。他说很抱歉给你带来干扰和伤害。他说我不会烧掉那些信，你怎么做是你的事，我怎么做是我的事。

这之后就没有直接的联系了，只是听我们共同的初中同学传来一件又一件关于他的事：他把自己锁在屋里一遍遍地看我给他的信，看我画的画，大哭一场，拒绝了所有的相亲……然后，听说他终于结婚了。再然后，听说他有了孩子，接着违反计划生育政策又有了第二个孩子——他走上了许多农村青年都走过的那条常规之路。而在这些消息里，我师范毕业，参加了工作，也结了婚，一个地方又一个地方地调动着工作。二十年过去，我再也没有听到他的任何消息。相距不远，却仿佛隔着千山万水。我甚至已经把他忘记，直到今天。

“你是我的初恋。”他曾经如此给我定位。而当时的我最强烈的感觉却是受辱，仿佛我从未喜欢过他而他居然这样喜欢我，就是对我的不尊重，就是在朝我泼污水。他应当被拒绝，被冷淡，被斥责，被轻屑。一切顺理成章。

现在想来，他有什么错呢？二十多年来，逐渐长大。我喜欢过别人，也被别人喜欢过。对喜欢的人，我学会了珍惜。对喜欢我的人，我学会了感谢——只要是有关于爱，我都学会了善待。即使是对这份早已经事过境迁的暗恋，经过漫长的岁月折射之后，此刻的我，也感觉到了其间的温暖和纯粹。这，便是进步吧？而对于郑，站在我记忆里的那个男孩子，请求原谅这样的词语太单薄了，也太不达意。对于他，我无话可说。

爱情的生日

她是个很清傲的女孩，清傲得仿佛不食人间烟火。许多人都说喜欢这样的女孩是雾里看花，自讨苦吃，可是他还是不可救药地喜欢上了她……她果然对他极不在意，也不给他什么机会，只有一次，在他的苦苦追问下，她轻轻吐出了一个日期，说这一天就是她的生日。

这个日子，在那一瞬间便如石刻般镌在了他的心里。此后每一年的这一天，他都会如期给她送来贺卡、蛋糕与鲜花。然而她却全然忘了这回事，只猜测他可能是记错了日子，但是她也懒得说破，只由着他去。而她自己则在浪漫与现实的交叠中遭遇着一次又一次的爱情。她结识了一个又一个男友，又一个个地与之分手。在她目不暇接地交换舞伴的同时，他始终站在原地踏步。

时间就这样过去了五年。五年里，他没有一句关于“爱”的话向她吐露。只有五束鲜花五盒蛋糕和五张贺卡——在不是她生日的那天。

后来，她如痴如醉地投入了一场新的爱情中。这场爱情，让她受到了致命的创伤。那个夜晚，她带着一身看不见的疤痕找到了他，向他倾诉了一切——不知为什么，每一次失败后，她最想找的人就是他。

“再有一周就到你的本命年生日了，坚强些，会好起来的。”默默地听完后，他温和地说。

“离我的生日还有半年多呢。”她终于说，“我一直忘了对你说，你把我的生日记错了。”

“绝对不会。”他肯定地说，“这是五年前你亲口告诉我的。我想你不会撒谎。一个人怎么会拿自己作为人来到这个世界的第一天的日子撒谎呢？这可是他有血有泪的第一天啊。”

她怔住了，久久地望着他，不知该说些什么。

“我衷心希望每年你都能拥有这一天。也希望我自己能有。”他继续郑重地说，“只要你能好好地活着，我也能看到你好好地活着，我就满足了。”

她惊讶地看着他。直到分手，她都没有再说出一句话来。

这一夜，她辗转未眠。她没有想到她随口吐出的一句话竟会被如此认真对待，更没有想到他居然赋予生日如此深沉的意义。以前的她只不过把生日看作是一个接受礼物和祝福的快乐节日，却从未细思过生日还意味着生日之外更重要的什么，正如她从未细思过爱情还意味着爱情之外更重要的什么一样。而他，却一直在默默地用心灵为她贮存着一个虚无的生日，正如为她贮存着一种踏实的爱情。

那个生日，真的是虚无的吗？

她又想起了关于他许许多多的事情，那些事情和他的人一样平淡而不起眼，一如她手上的雀斑。而她以前的那些男友则如她手指上的金戒，看似耀眼逼人，实则轻轻一褪就会永远失落——可是那些细小的雀斑却深深地嵌在她的肉里，让她至死也无法分离。

她辜负了她的生日。

也辜负了她的爱情。

一周之后，那个生日又来到了。一大早，女孩就敲开了男孩的房门。她的手里，捧着一束鲜红的含露的玫瑰。

两年后，他们结了婚。

“你是从什么时候开始喜欢我的？”一次，他问她。

“从我拥有第二个生日的那天起。”她低低地说。

“你不是说那一天不是你的生日吗？”他笑道。

“那是我爱情的生日。”她亦笑道。

爱情是把折叠伞

一个雨天，我打着一把久已不用的折叠伞走在街上，在叮叮咚咚的雨声中，我偶然间抬起头，却忽然发现平日里十分暗淡的伞面在雨水的滋润下显得特别鲜美和灵动。

忽然间就想起了爱情。

当人们最初捕捉到爱情的时候，大约就像是买到了一把称心如意的新伞吧。只舍得在拍照的时候做做装饰，在布置房间的时候做做点缀，或者是在日暖天晴的时候遮遮太阳，总之大多是舍不得让它投身于风雨之中去接受吹打飘摇的命运的。待到日子久了，浓情渐淡了，那份疼惜和珍爱也就转化成了麻木和迟钝，于是新伞也就自然而然地变成了旧伞，被两个人折叠起来，随意丢弃到了一个谁也找不着的角落里，慢慢地褪色和蒙尘，成了一个谁都不愿意多看一眼的连扔都懒得扔的令人讨厌的灰姑娘。待到风雨袭来的时候，两个人就只好顶着风，淋着雨，在风雨中思念和寻找着往昔遥远的爱情。

那时的爱情，又在哪里呢？

我常常会有点悲哀地觉得，人生在世，似乎就是为了品尝一番寂寞和苦难。但是为了使人生不那么孤独无伴，所以命运之神又给我们创造出了各属于我们自己的另一半，也因此就有了爱情。所以爱情从本质上讲就是为了让我们每一个人都更有力量更有勇气更有信心地去面对人生的种种坎坷和不顺，由此再达到人生真正的幸福和美满。从这个角度上看来，爱情就是一把折叠伞，你只有把它放在风雨中，它才会显示出最饱满最可爱最坚强最富有生机的一面。它也只有在风雨中才能最充分地展示出它的光华和魅力。而我们也只有擎着这把折叠伞在风雨中一步一步地经历过之后，才能真正明白它的价值。

曾经读过两句很好的诗，诗中说：对于一只小鸟来说，飞翔是最安全的；对于一个流浪者来说，路是最安全的。那么，从这个意义上讲，对于一把折叠伞来说，风雨就是最安全的。而对于两个人的爱情来说，也许共撑起一把折叠伞在风雨中走过，这才是最安全的。

只要你的手中有一把折叠伞，你就不要畏惧风雨。因为风雨才是伞的归宿。

只要你想要一份真正的幸福，你就不要宠溺爱情。因为爱情只在风雨里成熟。

幸福像一块砖

那天下午，他们终于离了婚。

他们是为一件很小的事离婚的。揣着那张纸走出法院大门，男人请女人吃顿饭。女人默许了邀请。那顿饭，他们一直吃到深夜。从饭店走出来时，天还下起了雨，坑坑洼洼的路面上霎时淌满雨水。

男人在前面，女人在后面。女人的眼近视，她小心地在水洼间穿行。前面有一个很大的水洼，女人跨不过去。男人站在水洼这边，女人站在水洼那边。他们在雨中怔怔地对视着。要是在以前，男人准会把女人抱过去，可是，现在他们离婚了。

男人找了两块砖，间隔开之后垫在女人的脚下。女人犹豫着踩了上去，男人轻轻地握住她的一只手，她稳稳地走了过来。前面又出现一个大的水洼，男人又把砖垫在女人的脚下，女人又稳稳地走了过来……就这样，男人把女人送到了家。分手的时候，他们都哭了。他们意识到他们之间可怕的错误。

每一对凡夫俗妇的婚姻都要经过大大小小的水洼。小的自然容易过，大的就要好好配合，经济危机的时候，初为父母的时候，家庭矛盾的时候……你宽厚地为她垫一块砖，她温柔地为你擦一把汗，日子就暖和安适地过下来了。最可怕的就是在水洼里打斗，谁会不受到伤害？谁能不划上血痕？怎么能不两败俱伤？

一块砖，垫在脚下，不要敲到头上。

有时幸福就是这么简单。

酷时代的爱

“人生只一次，有爱就表白。”

“给爱一条生路，给自己一个机会。”

……

这种激昂的句子，如今是听得太多了。更淋漓的是一些歌词：

“不顾一切，狠狠爱。”

“想要问问你敢不敢，像我这样为爱痴狂。”

也难怪，这是一个酷时代。人们爱的方式也难免越来越酷。而酷爱的一个重要部分便是空前关注自己的感觉。那么有了爱情便无须藏匿，最对得起自己的方式就是要把它迫切地抛出来，无论这爱情是否已经花落谁家，也无论这爱情是绣球还是铁蛋儿，总之先不能委屈自个儿，这才是第一正经。

可偏偏就有这么一个女子，她傻。如所有俗套的故事一样，她也喜欢上了一个有妇之夫，且已经陷得无法自拔。那个男的对她仿佛也很有感觉。她站在了岔路口，退一步不甘，进一步不敢。于是三里一犹豫，五里一彷徨，被折磨得痛苦不堪。因为经常看我胡乱写的小文章，大约觉得我有点儿像个婚恋专家，便写信向我求教，问我如何让这感情有前途。蒙此信任，我便一加一得二,二加二得四，讲给她听。无非是念几巡老经，劝她悬崖勒马，回头是岸。天涯何处无芳草，这草不比那草好。野火烧不尽，春风吹又生，等等。然而不仅全无用处，她似乎还渐渐让不甘超越了不敢。

“我现在无法回头。这个世界上，没有比我更爱他的女人了。”小女子的声音开始决绝，“我必须试试。他就是一堵墙，我也得撞撞。”

放下电话，我心里已经导出了一场二十集的电视连续剧：伊人打扮得楚楚动人，款款行至意中人身边，含情脉脉告诉他，我爱你。那男人若不动心，她便把自己打入地狱。那男人若动了心，另一个女人便被打入地狱。总而言之，都是伤害。

“不是你想象的那样。”多日之后，她打来电话，“我和他的妻子，成好朋友了。”

我愕然。

“是有些不忍，也是有些好奇，就想先了解一下他的妻子。费了一番工夫，假装很自然地认识了她。发现她人很好，是一位很善良也很可爱的大姐。我们在一起慢慢地喝着茶，听她描摹他家居生活的样子，翻看他小时候的照片，她还讲了他们夫妻的许多事，怎么装修的房子，生孩子那天他如何在产房外大哭，他遇到车祸后还患了一段时间的抑郁症……听着听着，我就觉得，自己对他，太想当然了。不错，他确实很好，我依然还喜欢他。但对他，已经没有什么野心了。”

这个小女子，她在做什么？

她仍是爱他的，毋庸置疑。但她没有草率地发起刀劈剑刺的攻势。她绕到爱情背后，悄悄撩起对方婚姻的衣里，想察看一下这衣里的针脚是否细密，是否留下了容她插足的稀疏空间。于是，她惊讶地发现，原以为只有自己能签署给他的幸福生活，不过是他跟妻子现状的盗版。她的设计与他的拥有所差无几。她能给他的，不过如此。

“以后打算怎么办呢？”我想她总该立地成佛了。

“以后，还和大姐做朋友，从大姐那里倾听关于他的一切。”沉默片刻，她说，“没办法，我还是喜欢他。只有这样间接爱，爱到不爱为止。”

间接爱。投注太大，这个倔强的女子，一时间无法全身而退，她居然选择了这样的方式，这样一种笨拙而又刁钻，狡猾而又诚实的方式，去处理自己的爱：移位于他最亲密的妻子背后，让她为自己传递他的微笑和呼吸。以友谊的名义善待他的家庭，爱人和一切历史，也在默默的分享中为自己的爱情解渴，并消毒。她用理性滤净了自己的爱，并使自己的爱远离摧毁和破坏，趋于辽阔和芳醇。

——建设性的爱，就是这样吧？在间接爱着别人的同时，更是直接地爱着自己。一场本该硝烟弥漫的战争，却被她运筹得刃不沾血，人人不输。

这似乎才属于我认可的，理想中的，酷时代的，爱。

为爱停留

一个雨夜，和爱人坐在屋里聊天。听着“大珠小珠落玉盘”似的雨声，说着有一句没一句的闲话，我忽然觉得此刻的时间有一种浸透心神的美。看着钟表上的指针如马蹄踏花般嗒嗒地驶过，我忍不住叹道：“时间，请你为爱而停留！”

爱人笑了。

“你笑什么？”我问。我想他大概又在笑我的书呆子气。

“我笑你不明白，”爱人说，“其实时间已经在为爱停留了。”

我不解地看着他。

“你还记得我们第一次见面时的情景吗？你穿着一身绿裙子，头发那么长……”

“当然记得。你穿着一双旧拖鞋，拿着一副乒乓球拍。”

“就是这样。”爱人说，“很多事情你都可能忘记，但是像这样的事情一辈子都会在我们的脑海里。你什么时候想起来，时间就会什么时候在你眼前倒流。你愿意想多少遍，那一天就会出现多少遍。你能说，时间没有为爱停留吗？”

“可是，那不是真的。那不过是我们的记忆。”

“只要是记忆，就一定是真实的。任何事情都必将会变成记忆，换句话说，记忆当然也可以意味着任何事情。”

我垂首而笑。爱人的话颇有些哲人的味道呢，不过细细想来，仿佛也确是如此。

“遗憾的是，从这个意义上讲，时间也在为痛苦的事情停留。”我又说。

“不错。因为时间是你自己的，你想让它为什么停留，它就为什么停留。但是，你想，人生是这么短，为爱停留尚且觉得不够用，让它为痛苦停留到底值不值得？”爱人缓缓地说，“如果一定有一些痛苦的事情不能忘却，那也应当把它划归到爱的大范畴里面。因为，它为我们更清晰地映衬了爱的存在，可以让我们更好地去珍重爱。”

我无语。抬头看着爱人的眼睛，里面有两个小小的我，正在微笑着停留。

所谓妖精

星期天，和表姐闲逛。已是淡淡的初秋，外面落叶七彩，微雨清凉，商场的衣柜间亦是霓虹缤纷，春潮涌动。想想，也对，秋和春的表征本来就很相像。

一左一右，迎面走来两个女子。乍看都是红衣，细品红得却有些不同。左边女子一套艳朱牛仔裙，上面开衫，露着鲜黄的吊带抹胸，吊带极细，丰盈的双峰在细带子下呼之欲出。裙子很短，白亮亮地闪出玉柱一样的小腿和大腿。从上而下都让人担忧。大约她要的就是这个效果吧？右边女子的风格显然要含蓄。旗袍样式的长裙，暗红如深色的玫瑰。外面罩着黑绒短袖，也开着衫，散淡随意地透出肩臂处的优雅骨形和雪白皮肤。

“性感。”香风过后，我评价。都是好色之徒，我和表姐常常交流心得。

“哪位？”

“左边那位。”

“该是右边那位。”表姐道，“左边那位，只是风骚。”

“有何不同？”

表姐侃侃而谈：“风骚是咄咄逼人的，性感是清茶慢泡的；风骚是张牙舞爪的，性感是素手杀人的；风骚是招摇呐喊的，性感是落地生根的；风骚是烧人眼的，性感是润人眼的。风骚是气球，炫得高，性感是磁铁，引力大。总之，风骚是浅层之技，是技则总会技穷。性感是魅力之果，果成则芳香无限。”

我叹服表姐的见解精辟，感慨同是红衣，居然可以穿得如此不同。表姐微笑：“衣服穿得貌合神离还是小事，许多性质相同的事情由不同的女人做出来，那高下之分差得就不是一等二等了。”

细想，果然例证比比皆是。我有两个女友，其老公皆是宝石级男人，于是伊人们格外小心轻放，保管严密。短信时代，她们和许多女人一样，都开始不自觉地偷查老公手机。结果一个查得石破天惊，一个查得浓情蜜意。前者是查了就问，问了就吵，吵了就闹，闹了就分，分分合合，如是反复几次，终于不治。后者查了也问，只是问得撒娇调皮，漫不经心。宛若蜻蜓点水，荷花摇曳。问过之后她便根据症状的轻重虚实悄悄对症下药。同时自己也加强对老公的短信攻势，从海陆空几方面占领他的疆域，扩张自己。战略战术得当，自然大获全胜。于是，短信之兆在此流向不同渠道：一是让自己的家庭短路，二是让干扰家庭的因素短路。——同样是短，且看当事者如何以短为长。

同事亦有一则例证。她和丈夫感情一直很好，简直可以说是美满幸福。突然遇到一件小事：她在外地进修，好不容易等到休假回来，正和丈夫兴致勃勃在外面吃饭，丈夫大学时的女朋友打来电话，说是从国外回来路过此地，约他马上去见面。丈夫左右为难。怎么办？同事当机立断，对丈夫说："赶快去吧，你们难得见一次，好好聊聊。我们来日方长。"她还手脚麻利地跑到礼品店帮丈夫挑个小礼物送给那个远道而来的"情敌"。事后，不但丈夫完璧归赵，对她还比以前更好。

"我当时心里也泛酸。"同事说。当然，她又不是圣人。正常的女人天生就都是吃醋专家。"但我告诉自己，她只是中途之雁，你却是巢中之鸟，她不具备竞争性。无论对丈夫还是对自己，你都应该更有信心一些。"瞧，这醋吃得多么清冽：只在心里给自己消毒，却没有任它溢到外面，把家蚀得一塌糊涂。

事情就是这样。如同风骚相比于性感一样，放是谁都会的，难的只是收。这收不是装糊涂，不是忍耐，不是懦弱，这收意味着内敛，意味着消化，意味着真正的接受和珍惜。但修炼到如此道行可不是件容易的事。所以，会放的女人比比皆是，会收的女人却是凤毛麟角——可以称之为妖精。

一个女人，妖是容易的，精也是容易的，又妖又精却不是妖加精那么简单。想想，妖得都成精了，该妖得多么明白，多么彻底，多么炉火纯青，多么深入化境。这样的女人才是真正的厉害。理智、宽容、深情、机敏、慈悲……这都是她们驱魔的利剑。她们的妖精气，是在骨子里的。对于一个如此这般的妖精来说，其爱的功力已接近于神仙。因此，在这个意义上，我一直认为妖精这个词，是对一个女人的最大赞美。

跟着爱情回家

她知道他有了外遇，但还是对他好——是一如既往的那些好：他的那份早餐永远是他喜欢的金灿灿的小米粥，电视的开机频道永远都是他习惯的中央五套，在床上轻咳时纸巾永远都在他最适手的那个位置……过于体贴或者过于平淡都是一种不正常，所以，她一直面如止水。顺其自然，她知道自己只有这样。无论那个女人是谁，最终有权决定的，都是他。

那天晚上，他和她各偎一个被筒，她把自己这边的床头灯扭暗，他把自己这边的床头灯扭亮。她坐起来，预感到已经兵临城下。

“我的一个朋友爱上了一个姑娘，想和他妻子离婚。如果，我是说如果，”男人说，“如果你是那个妻子，你会同意离婚吗？”

“他不爱他的妻子了？”

“是。”

“一点儿都不爱了？”

"应该是。"男人犹豫着，"或许。"

她的心揪痛。傻瓜都知道，这个"如果"是个铁锤，一下子，一下子，要把他们的家击碎。

"我会离婚。"她平静地说。

男人沉默，有些吃惊，没想到这么简单。要知道这么简单，他就把如果去掉了。然而少顷，他心里又不舒服起来。她为什么会这么干脆？难道也是有什么情况？

"为什么？"他终于还是问了出来。

"纠缠一个不爱自己的人没有意义。"

"一丝挽留的念头都没有吗？"

"心走了，留个躯壳干什么？再说，他若想留，就不会提出离婚。"

"孩子呢？你要吗？"

"当然。"女人说，"好事做到底，不给人家添麻烦。再说也不放心，都说有后娘就有后爹，那还是让孩子跟着亲娘保险些。"

"那他是不是能常回来看他？"

"当然，他永远是孩子的爸爸。这不会变。"

男人的愧疚越来越浓。

"其实，如果……"他又说"如果"了，"如果对方不是个未婚姑娘的话，他是不会想去为她负责的。"

"是啊，想当初，他之所以和妻子结婚，大约也是因为妻子是个未婚姑娘。"她笑，"现在，他已经把未婚姑娘变成了已婚老婆，自然该轮到去负责别的未婚姑娘了。"

“那姑娘说她只有他，没有他她活不了。”

“有道理，一个为爱情伤心的姑娘是活不下去的。至于那个女人，只要有孩子，母亲守着孩子相依为命地活下去，肯定没问题。”

男人沉默。

“母亲和孩子也不一定按照这种格局活下去的。”良久，他又说，“生活还有其他的可能性。”

“当然，她还可以再找。”

“对，对对。”

“运气不错的话，可以找个四十多岁的。如果运气不太好，可以找个五六十岁的。”

“你怎么这么说？”他仿佛自己受了侮辱。

“你想要我怎么说？”她笑，“难道一个离婚女人还能找个和她年龄差不多的男人不成？有数据统计，再婚夫妇年龄差距在三岁之内的比率，只占百分之五。全世界的人都知道，因为男人越娶越年轻，所以女人越嫁越老。若是男人不爱找年轻，你那朋友怎么会离婚找一个姑娘呢？”

“不是因为年轻。”他道，“是因为爱情。”

“爱情？他和妻子当初也有爱情吧？”

“那只是当初。现在，爱情死了。”

“他的爱情再生性这么强，用不了死这个字，太大。不伤及肉和骨，蜕皮这个词就足够形容了。”

“那她的爱情呢？”他隐忍着她的讥讽。

“她的爱情根本就没必要提。”女人说，“他若顾及她的爱情，就不会想离婚。”

男人沉默。

“话说回来，无论现在的爱情如何，只要有过爱情，知道爱情曾经是多么美好，我就已经很满足了。”女人说，“所以，我谢谢你。”

“谢我干什么？”男人有些惶恐，“不过，不过是假设。”

“即使不是假设，我的答案也不会变。”女人说，“我会带着我没办法蜕皮的爱情活下去，尽可能找一个岁数大点儿的人品好的男人，把自己和孩子以后的生活安排妥当。我要吸取一切教训，争取成为下任丈夫爱情史上的最后一次运动，”女人微笑，“在做过首任丈夫的首任妻子之后，又成为末任丈夫的末任妻子，这感觉一定很奇特。”

“你不能这么想！你不能这么对待自己！”

“为什么？”

“因为你是我的妻子。”他把她拉到怀里，“我心疼你。”

“心疼不是爱情。”她幽幽道。

“心疼——疼惜——惜爱——爱情。”他在手心里画着，玩起了《开心辞典》中的词语转换游戏，“当然是爱情。”

她的泪，顺着笑纹，唰地落下来。

爱人的呼噜

踏上了婚姻的红地毯之后，我碰到的第一件闹心的事情居然是爱人的呼噜。

爱人患有鼻炎，因为症状很轻微，他从未把它郑重其事地放在心上去看医生。但是，鼻炎造成的直接后果却是打呼噜。

于是婚后的每一个夜晚，我一向安恬的耳边就会多出一种奇怪的声响：粗糙、高昂、兴致勃勃、意气风发，这种声响会一直穿过静谧的黑夜抵达清新的黎明，把我的睡意赶得无影无踪。

刚开始我还勉强忍着，但是屡屡失眠，白天休息又不够，所以整个人常常无精打采的，工作就免不了出错。挨了批自然就觉得委屈。我曾严厉地警告过爱人两次，他白天答应得好好的，晚上的呼噜却是照打不误。听他呼噜声里传达出的甜美和惬意，我的心便渐渐愤愤不平起来。于是常常半夜把他踹醒，告诉他："别打呼噜了！"

"好，我不打，你先睡，你先睡。"爱人的态度总是很好。

可是当我提心吊胆地努力使自己入睡的时候，他的呼噜又响起来了。

在我的软硬兼施之下，他终于去看了医生，谁知不看还好，看了之后，他的呼噜打得越发精彩起来。常常是打到高潮处，来一个一分钟左右的停顿，然后“嘘——”地一口气喘上来，再接着打下去。每当他停顿时，我都会把心悬起来，忍不住要去拍拍他的肚子，碰碰他的肩膀，怕他窒息——这样被他干扰着，自然更是睡不着了。

他的呼噜，真没少让我掉泪。

然而时间久了，慢慢地就习惯了。但是习惯了并不等于接受或是赞成。说心里话，我一直暗暗地巴望他能给鼻子戴上消音器。

可是有一天，呼噜对于我的意义却突然改变了。

那一天晚上，刮着极大的风，爱人去加班，说不知什么时候能回来，要我别等他。我赶忙趁着这大好时光去睡觉。但是睡到半夜，我蓦然被噩梦惊醒，看看表，已经凌晨三点半了，爱人还没回来。风呜呜地拍打着窗户，如无数只恐怖的小手。我一个人坐在夜里，无名的担忧和惧怕侵袭着我。我不由得默祷着：但愿他早些回来，平安回来……

突然，门开了，爱人回来了。他打开灯，看见我泪流满面地坐着，吃惊地问道：“怎么了？”

“没什么，我只是想听听你打呼噜。”我笑道。

我说的是实话。因为直到那一天晚上，我才无比清晰地意识到：爱人那折磨听觉的呼噜，那让人不堪忍受的呼噜，已经在不知不觉中成为我生命中不可缺少的一首独特的伴奏曲了。

这一切只是因为，这是爱人的呼噜。

也就在那一天晚上，我才突然明白：爱原来是这样奇妙的一个过程，它完全可以让你从一方转向截然不同的另一方。

月牙泉外

男人有妇，女人有夫。电视上正在上演一场婚外恋。二人相遇，碰出火花。——在这个干燥的年代，男女之情燃烧的沸点是那么低，以至于婚外恋几乎成了婚姻的孪生姊妹。

男欢女爱之后，两人躺在床上。女人突然问："以后呢？"

男人说："以后……"

然后，男人沉默了。

女人也沉默着，没有再问。

是啊，以后。离婚吗？都有孩子。她丈夫和他妻子都是好人——当初的爱情被时间和沧桑消磨，那不是他们的错。而且，也还都有爱，是爱情变成亲情的爱。他们没有理由受到伤害。再说，即使离婚再结又如何？柴米油盐的琐碎中，他们的爱情能新鲜多久激昂多久坚持多久？如果重蹈覆辙——那简直是一定的，那么如此这般折腾，又是何必呢？……

“以后”之后，就是这些巨石挡路的问题，不能绕，不可绕。严酷，令人绝望。都明白：所谓永不衰竭，那只是一个神话。

因此，只有沉默。只有用你仅存的理智封住嘴唇，不要说：以后。

——有现在，就已经很好了。

婚姻是什么？社会的、经济的、家庭的、传宗接代的……诸多大梁把它造成了一所复杂且坚固的房子。房子里琳琅满目，都是生活的必需品。而婚外恋呢？它是森林深处的一方草地，两人相遇，躺在上面，星光熠熠，月光融融，花香如酒，鸟鸣如歌……它在婚外，婚姻所有的功能和用处，它都不必考虑。它是最纯粹的那点儿爱，它是最朴素的那点儿爱，它是最简单的那点儿爱，它也是最可怜的那点儿爱。它的存在，除了爱本身以外，不再有任何意味。

忽然想起那年我去敦煌看到的月牙泉。月牙泉，它孤零零地守在那里，如一只无辜的眼睛，让人心疼，仿佛一汪稍纵即逝的奇迹。

在我的想象中，真正优质的婚外恋就是这样的奇迹。

所以啊，最娇弱、最清澈、最甘甜的月牙泉，当你碰到它的时候，如果你情不自禁地躬身去掬，那就去吧。不要问月牙泉的以后，也不要问月牙泉的将来，更不要去环顾那一望无际的漫漫黄沙。那些都在月牙泉外，在你本来就很微妙的步履之外。

你只需看月牙泉。静静地，默默地，看着月牙泉本身。

Part 2

第二部分

我把它放在掌中，
耳边响起母亲当时说的那些话，
那些懵懂年少时如
风过耳的话，
在一瞬间蓦然随着泪水聚集，顿悟如雨。

奶奶的细节

没有出嫁的时候，我和母亲、奶奶三代三个女人住在乡下。母亲和奶奶都是苦日子里泡出来的，自然十分节俭。不过相比起来，母亲倒还罢了，奶奶却是个再仔细不过的人。这里所说的仔细，在我们家乡话的含义中就是指“会过日子”，也略微带些形容某人过于吝啬的苛责。奶奶是最平常的农家妇人，她的仔细也只有从最琐碎的细节中去渗透。

洗碗用的泔水，她从来不会随随便便地泼掉，不是拌鸡食就是拌猪食。我家要是没鸡没猪，她就提到邻居家，也不管人家嫌弃不嫌弃。“总是点儿东西，扔掉了可惜。”她说。内衣内裤和袜子破了，她也总是补了又补。而且补的时候，是用无法再补的那些旧衣的碎片。“用旧补旧，蛮般配的。”她说。我知道这不是因为般配，而是她觉得用新布补旧衣就糟蹋了新布。路上看到一块砖，一根铁丝，一截塑料绳，她都要拾起来。“眼前没用，可保不准什么时候就用上了。宁可让东西等人，不能让人等东西。”她说。她的这个习惯使院子常常像个废品收购站。

然而这些也还都罢了。让我啼笑皆非的是，她居然干涉到了我的一些生活习惯。我洗衣服用多少洗衣粉，刷牙挤多少牙膏，炒菜放多少油，无一能逃过她的批判。而最让我难以忍受的是，她对我使用手纸的长度都有意见。只要我上厕所前碰到她，她都会把我手里长长的卫生纸撕掉一段。

“哪里用得了这么多？”她说。

“奶奶，你太过分了吧。”我说。

“别跟我打滑溜嘴儿。论过日子，你得上心跟我学呢。这一下省出一点儿来，一年就能省下多少？”

“就是省下一两卷纸来，也不过就是一两块钱，犯得上吗？”

斗嘴至此，她便开始给我上忆苦思甜的“大课”：当年，她如何用五升绿豆安排全家人度春荒，如何吃着红薯叶儿过年，如何眼睁睁地看着行人饿死在路上……直至我讨饶，她还要颇有哲理地总结一句：“松日子紧过，富日子穷过，才知道什么是过日子！”

然而无论她怎么说，只要不被她碰到，我还是会按照自己的标准使用着卫生纸。人生就这么短，不能太委屈自己了吧，我想。

一天夜里，突然发现卫生纸用完了。想出去买，外面下着大雨。去邻居家借，似乎不太好意思。正埋怨自己把这事耽误了，奶奶抱着一个纸箱子出来，我凑过去一看，全都是卫生纸，一小段一小段，如压薄的洁白的棉。

“奶奶，你真好！”我抢过箱子，撒娇地对她嚷。她得意地“哼”

了一声，嘴角含着孩子般的笑。

两年之后，奶奶病逝。给她整理房间的时候，我在床下找到了三个纸箱子，里面都是一小段一小段的卫生纸。

我的泪落在这些纸上，纸沉默地收着我的泪。在泪落的地方，纸的颜色顿时变深了，它深得很圆，像初春的榆叶。然后它静静地晕染着，泛润着，直至边缘成为最浅柔的深色调。而在此刻，这些卫生纸的碎片，这些羽毛一样轻洁的事物，都变得沉了起来，重了起来。像湿了水的花朵，又像蓄了水的白云。在最漂浮的神情下，涌动着让我无法承担的凶猛浪潮。

现在，每次使用卫生纸的时候，我都会在习惯的长度上自觉地减短一小段。其实，我并不是有意这样去做的。我想，可能是奶奶在用这个细节告诉我，她依然还在。她舍不得离开。她是多么懂得这尘世间一切事物的可贵和可爱。

我想，我可能就是从这件事上有些开始明白应该怎样去热爱生活的。

母亲的底线

衣柜最上层的一格放的是一些久远的衣物，把它们安置在那里已经不是为了备用，更多的成分似乎是为了怀念。其中有一个小小的木匣子，匣子里有一方的确良质地的白色绣花手帕，距现在已经有十八年了。

帕上绣的是一朵黄灿灿的野菊。

十二岁那年，为了迎接自己的第一个本命年，我决定自己献给自己一份特别的生日礼物：为自己绣一方手帕。因为我生在深秋，最中意的图案自然就是家乡城墙上那处处盛开的野菊了。准备好布以后，我就去请教母亲。母亲的花绣得好是方圆百里的人都知道的，而且从不收费，主家只要备好所需的东西就行了。那时候还没有听说过什么电脑刺绣，哪家娶媳嫁女能求得母亲手绣的门帘或枕套，简直就是一件称得上荣耀的事情。只要喜日定下，他们就会以最快的速度来母亲这里排班，有的甚至还没定下日子就早早备下东西放在了这里，因此家里的一张旧木桌上就经常堆积着一叠布料和许多五颜六色的丝线。

每有空闲，母亲就会坐下来，让双手在绣架上轻轻舞蹈。这时的母亲沉静安详，仿佛世界上除了绣花，就再也没有别的事情。

“妈，教我绣花吧。”这一天，我走到母亲身边说。母亲笑了，“你？”她说。

我郑重地把自己的想法告诉了她。母亲没再说什么，她找出许多方方正正的塑料布，每一张塑料布上都画满了用浓重的圆珠笔迹勾勒出的花草和小鸟。母亲找到了一朵小小的菊花，让我照着描到布上，然后把布绷进圆圆的绣花架里，挑了几样深浅不一的黄色丝线。

“我只要这个黄！”我拿起那根金黄色的线。

“不行。”母亲说，“这个黄太炫了，一朵花不能只用这一种色，这个色只适合用一点儿才能衬出它的好。”

“怎么衬它？”我很惊奇。

“得先上底线。”母亲说，“底线就让我给你上吧。”

我注视着母亲的手。她先用的是冰黄，冰黄的黄色淡得几乎看不出，然后是月黄、鹅黄，再然后又是蛋黄、橘黄、柳黄、粉黄……一层层地织上去，一层层地淡下来，几番过去之后，她把针递给我：“你可以用金黄了。”我小心地拿起针，轻轻地落下——一切都不同了，野菊在其他黄色的映衬下熠熠生辉，仿佛每一瓣花瓣都浸透了阳光的亲吻。它活了。

“底线是花的路，底线的色要宽要浅，才显得出后色的好。这也像一个人做事情，开始不能浮气暴躁，要放稳步子，扎扎实实的，才能走得好，这样挣来的光彩也耐看、耐品。”母亲说。

手帕绣好之后，我只用了没几天——那也多半是为了炫耀，后来就不知放到了哪里。直到我二十岁时母亲去世，才在她的遗物里发现。我把它放在掌中，耳边响起母亲当时说的那些话，那些懵懂年少时如风过耳的话，在一瞬间蓦然随着泪水聚集，顿悟如雨。

这么多年过去了，绣菊仍黄，母言犹在。还有一点越来越明了：我原本就是野菊，母亲就是我的底线。如果说我生命中有些微寥寥金彩，那全赖母亲为我铺出的刻骨深爱。

爱情黑马

读过一则外国小幽默：一个孩子很奇怪地问他祖母当年怎么会看上那么矮小的祖父，老太太无可奈何地耸耸肩说：“孩子，我们是坐着谈恋爱的，当我们站起来时，已经晚了。”

我与卿同病相怜。

其实开始时我就一直纳闷：怎么每次和林约会都正巧赶上他白天没空？直到我们从月光下走到阳光下时，我才蓦然惊觉：林太黑，确实黑得惨不忍睹——而我却以肌肤如雪为最大优点。当我不得不面对这个触目惊心的事实时，我足不出户地思索了三天，当我想得头脑发昏仍毫无结果时，一位好友以“旁观者清”的姿态对我宣告：“你这只小白鼠已经很难甩掉那位黑猫警长了。”

我愕然。随之是不服。其实心里很明白，于男人而言，肤色和容貌绝不是重要因素，然而一落实到自己身上总归有些愤愤不平：凭什么别的女孩拥有的都是白马王子，而派给我的却偏偏是匹黑马？不过，理性终于略胜于虚荣，我保留了林的候选资格，他的位置相当于《杨修之死》中的那个鸡肋：弃之有味，食之　　太黑。且慢慢走着瞧吧！

但是林却自我感觉良好，对自己的危险处境似乎全然不知，常以“脸黑心不黑”来自我安慰，并用“脸黑皮薄”来恐吓我注意他的自尊。我才不吃他这一套，瞅准机会就敲他一下，让他正视自己：“你就是黑，黑，黑！”

因为黑，和他走在大街上，朋友们戏称我们是现代派黑白绘画的天然模特；因为黑，穿衣服得小心翼翼：白色显得他更黑，黑衣却显不出他白——反而有浑然一体海天一色的趋势，穿黄色像五月的石榴皮，穿绿色则如黑土地长出了玉米秆，穿红色又成了典型的世界名著——《红与黑》；因为黑，和他合影也备感辛酸，我能把最白的人衬黑，他却能把最黑的人衬白，为此人们总喜欢挨着他，而他傻呵呵地笑着说愿意利用自然条件为人民服务——这个呆子！

一次，他埋怨我给他买的衬衣褪色得太厉害，我附和道：“可不是吗？该褪色的东西老不褪色，不该褪色的倒褪得挺勤快！”说完盯着他的脸微笑，他气得面容变得黑紫黑紫。还有一次，让他陪我到姨妈家取东西，回来的路上他问：“你和姨妈躲在里间那么大一会儿说什么私房话？”

我瞪他一眼：“知道是私房话就不该问。”

“是不是说我黑？”瞧，多心虚！

“没有。”我灵机一动，“可我姨妈还是让我跟你吹。”“为什么？”

“姨妈说：‘叶子，找个矿工虽然工资高，可是太不安全。咱不看重钱财，可得图个心稳当啊。’”

他黑口白牙朝我恨恨地笑。一会儿，他忽然很认真地看着我：“我是矿工。”“我刚才是和你开玩笑的。”我提醒他。

“可我真是个矿工，金矿的矿工。”他盯着我，“我要把爱情淘成纯度百分之百的金子。”

于是，他搜集了发表过我作品的所有刊物，装订整齐，复印成册，配上雅致的封面和插图，送给我一份让我终生难忘的生日礼物；于是，他跑遍了全市的邮市，把我“妻离子散”的残票一一配齐，让我的集邮册整洁、漂亮、焕然一新，让我的邮票们合家团聚共享天伦；于是，他制订了每周五十公里的自行车旅行计划，无论风霜雨雪，他风尘仆仆的身影总是在我门前如期而至，绝不旷工。

但是我依然没有明确地表态。不是不动心，而是有些害怕：害怕这烫手的爱情会像海市蜃楼一样来去匆匆，害怕太狂热的感情会像昙花一样在最美的一刹那凋落。我是个贪婪的女人，我要那种如火如荼的浪漫，更要那种细水长流的平和与长久。

而他只是默默地忙碌着，从不问我什么或要我答复什么。他默默地邮购“505”元气袋为我治疗患有慢性关节炎的双腿；默默地为我的台灯换线路和插头；默默地把茶杯的破盖子换上新的；默默地把我开了线的皮鞋拿到街上修好，再整齐地放在我床下……

我也总是默默地看他忙碌着，不动声色。尽管最有耐心的朋友开始警告我：“再鲜美的鱼饵时间长了也会失去诱惑力。”可我依然沉默无言，我实在不知道该在什么时候用什么方式对他讲那句他最想听的话。

那天晚上我早早上了床，因为明天要去邻市考试，我必须赶上五点钟的长途汽车。正睡得香甜时，突然一阵沉着有力的敲门声把我惊醒，门外传来林熟悉的声音：“快起来吧，四点半了。”

我一下子坐起来，在暗夜中泪如泉涌。

我们默默无语地走在黎明的大街上，我的泪水不断地涌出来，他用温热的手掌为我擦拭着眼泪。

车还没走，车站很静。湛蓝的天空中洒满金黄色的小星星。我们默默无语地站着，一直到车启动的一刹那，我才突然明白我该做什么，我把脸贴在车窗上。

他走过来。头发上亮晶晶地挂着夜行的露珠。

“我爱你。”我说。引擎轰鸣遮住了我的声音，可这又有什么关系呢？他的泪水也涌出来——他看到了我的口形听懂了我的话。

他依然很黑，可这又有什么关系呢？只要有爱情，只要有这份丝丝入扣的爱情，骑着黑马而来的，一样是我心中不可替代的王子啊。

苦楝树

生我养我的那个村子，我现在很少回去了。父母和祖母先后去世，那里已经没有了我的亲人。虽然不回去，但总是会想起她，想起那里的街道，那里的庄稼，那里的老宅，还有老宅里的那棵苦楝树。

我小时候的乡村，各家的院子都分前院和后院。前院大，后院小。前院自然直通着大街，后院则顺着堂屋右侧的一条小胡同而入，是封闭式的。我家的前院种着枣树、梧桐树和榆树，后院有一小片菜园，还有那棵苦楝树。

那棵苦楝树不知道是什么时候种下的，我记事的时候已经很高了。我喜欢在树下面玩。后院小，苦楝树的树荫几乎能遮住整个后院，本来就很幽静的后院就显得更幽静了。我常在它的树荫下做一些隐秘的事：偷偷吃什么东西，读大人们不让读的书，或者就什么也不做，看蚂蚁上树。每次大人们要找我的时候，我十有八九就在后院的苦楝树下。

都说苦楝树的果子是苦的，我尝过，果然是苦的。

我十五岁那年，父亲去世了。那时我正在外地读书，匆匆回去参加了父亲的葬礼之后又返回了学校，再次回家已经是寒假。我发现后院经常有人，不是母亲就是祖母，她们总说去后院拿什么东西，或是一根葱，或是一棵萝卜，一拿就是很长时间。有一次，我悄悄地跟着祖母来到后院，发现她在苦楝树下哭泣。她抱着树，像抱着一个孩子。她呜呜地哭着，脸颊紧紧地贴在树上。

又过了几年，母亲去世。我毕业回家教书，和祖母同住在老宅里，又看见她频频地去后院。我没有再跟着她。我知道，她一定又是在苦楝树下哭泣了。因为，我也会趁她不在的时候，去苦楝树下哭泣。

再后来，祖母也去世了。我没有去苦楝树下哭泣。我关上门，在自己的房间里，大哭。

——苦楝树，是背着亲人哭泣的地方。在没有亲人的时候，什么地方都可以痛哭。但亲人在，就不一样了。我们不对着亲人哭泣，如同不对着亲人示爱。不示爱是因为害羞，不哭泣是因为心疼。是这样吗?

苦楝树，一定有很多这样的树。

苦楝树，真的是很苦的一种树。但是，也是最亲的一种树。

父　亲

我承认父亲曾经不是对我的成长有过多么重大影响的人。他虽然在城里的大机关上班，但和大部分农民读书者那样保持着浓重的懦弱谨慎的遗风，对我们几乎没有什么明显的言辞启示。但是我们敬畏他，因为他是我们唯一的可以要钱买米而不会被责骂的人。我们依赖他而生存。

父亲的病来得很快，也很多，说是肺气肿、喉癌、胃炎和脑部的一个恶性肿瘤。其实以前早有征兆，可他总不在意。这次病发时他还要硬挺，大家一起死劝，他才做了全面检查。检查结果只有大哥一个人知道，大哥笑着说没关系，很快就好。

医院离学校很近，每天黄昏都会有衰弱的病人在校外的路上散步。现在，父亲也加入到这个行列里来了。我天天去看他，有时就坐在路边等他和母亲慢慢地出来，然后一起散步。散步时总是谈些闲人散事，有时什么也不谈，只是看着夕阳渐渐地隐没在群岚之中。有一次他忽然轻喊我的名字，说："我最不放心的是你和小弟，只有你们俩的将来没着落，你懂不懂？"我点点头，说懂。其实心里却不怎么明白，只是看着白卫生帽下父亲黑瘦衰老的脸，感到莫名其妙地有些哀伤。

深秋，父亲做了一次大手术。大哥陪着他进了手术室，时时出来报告给等待在门口的亲友们。我和小弟蹲在走廊的窗下，在人们轻轻的议论声和叹息声中迷茫而沉沉地睡去。醒来时嫂子在我身边，说手术很成功，"不过要损伤一些脑神经"。

父亲醒来的时候，已经忘记了很多人的名字，那些人和他曾经是那么熟悉而亲近。看到奶奶，他很努力地轻声喊道："妈。"人们都哭了。后来我去看他时拿他最熟悉的棋子给他看，他总是很认真地辨认着，然后默默无语。我说这是卒，这是相，这是炮。他恍然大悟道："对呀对呀，我怎么会连这都忘了呢。"看着他孩子般的笑容和神情，我感到锥心的疼痛。不久，父亲转院到了一个很远的医院。因为功课的繁重和考试的迫近，我只能一周去看他一次了。

记不清是哪天下午，我正在参加化学测试，手突然颤抖起来，写不成字了。正呆呆地愣着，传达室的师傅上来喊："乔叶，电话，你家人让你赶快回家。"

我全身剧烈地战栗起来，飞快地请了假，没命地往家里跑。快到家时碰见一位街坊，急急地问他："我家出了什么事？"

"快回家吧。"他含糊地说。我跪到地上又勉强地站起来，心中了如明镜——那个竹帘后盖着一条长长白布的人，就是我的父亲啊。

兄妹几个一起失声痛哭。至此，我们每个人都因为一个人的逝去而共同成为孤儿了。

接下来就是没日没夜的哭声和唢呐声。

下葬的那天，随着哭泣的人群到了墓地，棺木被缓缓地放进去，不知谁填上了第一锹土，我们又泪如泉涌。然而土还是无情地被填进去，填进去，填成了圆圆的坟。磕完最后几个头，转身回去的时候，我明白我的父亲——与我生命不可分割的一个人，就这样回归给了土地，他微微驼背的身影已经走到了命运的拐角，走到了谁也看不到的地方。

回到村里，看见街上的顽童一如往昔地嬉闹，妇人们一如常态地谈笑，我才明悟人与人的悲欢是如此遥远而不可倾诉，而有些切身的幸福和苦难只能由我们自己去品尝啊。

第一次臂上戴一块黑纱推开教室的门，喧哗的班里一片死寂的沉默。我为这漫长的沉默而终生感激我的学友。但是素日对我颇有成见的班主任却在那时给了我轻轻而有力的一击。她在班会上说："请假不准超过一天——除非你家还有丧事。"她把最后四个字咬得很重，还瞟着我笑了。班里附和起一阵胆怯的笑波，但立刻沉静下来。那时，我恨透了她——她竟狠心这样去伤害一个孩子！也因此，我做了教师之后，当一个男生竟用"张长伟的爸爸死了！"来报复一位刚刚失去父亲的孩子，使那个可怜而敏感的孤儿伏案痛哭时，我平生第一次打了学生。如果世界上最残忍的行为是制造伤痕，那么其次残忍的就是揭开伤痕。

也就是从那时起，我知道我该长大了，我不可以再去无条件地依靠任何人了。我的一切都必须依靠我自己。我甚至不能依靠母亲——

她比我还要脆弱。也不能依靠兄姐，我们只有在悲哀的时候才会彻底相融，而悲哀之后必须各行其路，谁也承担不了彼此的前程。也是这时候，我才致命地发现：父亲那衣食柴米的爱，隐山含水的爱，似无相关的爱，平平淡淡毫无色彩的爱，对我是多么不可估价地重要。而这一切，已经刻骨铭心地失去了，再也无法挽回。

我的父亲，带给我本质温暖和彻底孤寂的感觉的父亲，像那年冬天的白杨树一样种植在我冰凉的记忆里。那一年，我十五岁。

最后吃饭的人

她总是在充满油烟的厨房里忙碌。洗菜、熬粥、剥葱、炸鱼……她似乎原本就是为做饭而生的。她在厨房里走动了许多年，似乎成了厨房的一部分。让你感觉厨房里如果没有她，那简直就是不完整的。

然后她把饭菜端上桌，一个个喊你们吃饭，有时按时得让你们不耐烦。她做的饭菜似乎有点儿太寡味儿。她似乎除了做这些千篇一律的饭菜外就不会做别的。

当你们漫不经心地凑到桌边开始进餐时，她便会担心地问，鱼是不是有点咸？豆腐是不是有点淡？你们照例敷衍她“很好很好”，但在内心却不免挑剔这些熟悉的饭菜实在有点儿太单调。然而她听着你们的赞语却丝毫不觉异样，如孩子般笑颜如花，似乎所有的辛劳都值得了。

她也吃。不过也许你们并没有注意到：她只吃一点儿，而且基本上不动菜，尤其是好吃的菜。当你们向她劝菜时，她总是说她在做的时候吃过了。她说话的神态总是能让你们相信，能让你们心安理得地把她放到一边。

吃过饭，当你们准备收拾碗筷时，她一定会阻止道："你们忙去吧，我来。"于是你们便忙去了。其实很多时候你们不过是在看电视或打电子游戏。

她把碗筷收拾到厨房先不忙着刷洗，而是会再吃一些饭。你们不喜欢的菜她一定吃得最多——你们爱吃的菜也许已经吃完了，她会把菜汤倒进剩粥里，将零碎的馒头也一块块泡进去，开始吃她自己的正餐。吃完之后，她洗碗，刷锅，打扫厨房，她忙完了这一切，也会挤到你们中间看一会儿电视。然而往往看不了两眼，她的上眼皮便开始亲吻下眼皮了。于是你们边笑她的睡相边推醒她，她便不好意思地睁着惺忪的眼到卧室休息去了。

第二天一早她起来，又开始了既新且旧的一天。

她是谁？不用说你就知道。如果你们家没有地位不俗的用人，那她一定是你们的母亲。

路远无轻

一天，和姐姐抱孩子上街。她先抱。走了一会儿，我换她。

“累吧？”我问。

“没听俗话说吗？‘路远无轻’。”姐姐笑道。

心里不由得一动。

路远无轻。就手中的孩子而言，实指的是孩子的重量，虚指的便可以是孩子的未来。因为血缘里这份天然的爱，我们就再无后退与逃避的可能，只有负担起这“远途之重”。

路远无轻。即便是一片鹅毛、万里之遥的风霜也会让人不堪其重。沉甸甸而不可计数的，也许还有鹅毛和风霜之外的东西吧？

路远无轻。从这个意义上讲，每一个能把自己所选择的道路坚持到底的人，都让我肃然起敬。

路远无轻。重的是精神，是爱恋，是沧桑。

路远无轻。轻的，只是生命本身的流程。

你的生命如此多情

儿子第一次对自己的性别感兴趣，是在两岁半。

“妈妈，我是个男孩还是个女孩？”他认真地问。

“男孩。”我说，“穿花裙子梳小辫子的是女孩，留短发穿裤子的就是男孩。”一时间，我发现自己其实很难把这个问题讲清，就只好使用最简单的外表区分标准。然后，我问他我是男孩还是个女孩。

“你是个男孩。”他说，“昨天你是女孩。”——昨天我穿着裙子。

“爸爸是女孩。”他继续说。爱人正围着围裙在厨房做饭。

“奶奶是男孩。”——婆婆穿着长裤，超短发。

我明白我这个老师有多么笨了。可我实在不知道该怎样告诉他一个合适的统一的标准。我能给他上一节生理卫生课吗？即便我有这样的勇气，只怕他也难懂。

“妈妈，我可以当女孩吗？”他开始显示出对女孩的向往，“我也要穿裙子，梳小辫，像莹莹姐姐那样。”莹莹是西邻的小女孩，整天打扮得花枝招展，乖巧可人，大约是儿子心中的偶像。那一天，儿子执拗地缠着我，直到我把一条丝巾束在他的腰上。

上了幼儿园之后，他认识的女孩子骤然增多，审美领域自然也就扩大了不少。起初，为了提高他去幼儿园的积极性，我每天早上都会给他两个巧克力，后来，发展到他要三个、四个，直至五个。

“你是不是送人啊？”我纳闷。

“我给刘一帆、范曾曾和徐好。”

“为什么要给她们啊？”我知道这几个都是女孩。

“她们对我好，我一进屋就对我笑，还给我拉凳子。”他说。

我哑然失笑。儿子已经开始和女孩子交际了吗？女孩子喜欢巧克力的嗜好，他倒是无师自通。——大约因为都是孩子的缘故吧，所以才会这么知己知彼，容易沟通。

我和一个同学的妈妈是同事。一次，我们带着孩子在街上见面，大人和大人说话，小孩和小孩说话。忽然听到他们同时喊一个女孩的名字“陈蕾”——一个女孩子在妈妈的后座上坐着，小公主一般对他们不理不睬。

“陈蕾最好了。”同事的孩子犹自在那儿夸着。

“王丹最好。”儿子说。他们顿时争吵起来，不亦乐乎。

最好笑的事情是在一个朋友的婚礼上。儿子看了一会儿漂亮的新娘子，扭头就对我说：“妈妈，也给我娶个媳妇吧。”

众人大笑。

“你太小了，长大才可以娶媳妇。”我说。

“我都不穿开裆裤了，我长大了。”他说。给他换掉开裆裤的时候我曾经告诉过他这句话。

“你是长大了，可是还有点儿小，要像那位叔叔一样大才行。”一个朋友在一边说。

“那，就给我娶个小媳妇吧。”儿子说。

大家笑得肚子疼。

“你想娶谁呀？”大家更是起了劲儿逗他。

“娶李真。”他说。李真也是他幼儿园的同班同学，一个瘦瘦的黄头发的女孩子。

“为什么要娶她？”

“她可会讲故事了。”

“你要是娶了她，还会对你妈妈好吗？”有人问。

“对妈妈好。”儿子说，“让她也对妈妈好。”

在众人的笑声中，我觉得心中有一块地方悄悄地湿润了。看着儿子光嫩的小脸，那么无邪，那么天真，像是一轮无瑕的满月。在这样的月光下，仿佛所有成人的事情都可以在被他微缩同时净化，变成一种玲珑剔透的传说。

儿子的“多情”事件还发生过很多次，每当他有这种表达的时候，我都只是笑。我从不去责备他。我知道，虽然在大家的逗弄中，他的所作所为更像是一种有趣的笑料，但是这毕竟是儿子对性别认识的第一缕晨光。他的“多情”也许根本不对任何女孩子具备意义，但是肯定对他自己具有不可磨灭的色彩。在这种多情中，包含着一个孩子对生命最本真的热爱和对世界最纯洁的情感。尽管他常常会被一些人开成平俗的玩笑，但是在源泉上，它其实是一道虹，拥有的是飞越尘土的美好和轻盈。

这是孩子内心最初的诗。

当然，我知道，他很快就会忘记这些事，忘记这些诗。所以，我替他记录了下来，在童言无忌中，品味着一个孩子成长的快乐和神奇。

鱼羊盛开

一天晚上，在哥哥家里玩，十岁的小侄子把他刚刚写好的作文拿给我看。他写的是暑假里去内蒙古大草原旅游的事。我一边看一边念："……大草原真是美丽啊。碧绿的青草简直就是一望无垠的地毯，在这个地毯上，鱼羊盛开……"至此，我不由得大笑起来，讲给大家听，大家也都笑个不停。

"有什么好笑的？"小侄子很不满。

"你是不是想写'鲜花盛开'？可是你丢了一个'花'字，又把'鲜'字写得这么离散，我不读成'鱼羊盛开'还能怎么样？"

"鱼羊盛开就一定错吗？鱼和羊就不能盛开了吗？"小侄子忽然说，"草原那么大，羊就像是草原上会跑的花。河里的鱼那么多，颜色又那么好看，也像是会游动的花。既然是花，为什么就不能说盛开？"

我禁不住赞叹地摸了摸他的头："你说得真好。你知道吗？你刚才这几句话比你这整篇作文都有价值，甚至值得姑姑学习。”

我说的是心里话。

在平常的生活中，有太多的人们习惯从一种途径去看待事物，是好就好，是坏就坏，是黑就黑，是白就白。却不明白：在正确的身后往往会拖出长长的阴影，而在错误的背面，也居然可以找到如此丰富聪慧的解释。其实，生活中竖立着无数个多棱镜，如果我们只能够从中透析出一条光带，那绝对属于另一类意义的色盲。

最沉重的土豆丝

朋友曾经对我讲述这样一个关于她自己的故事：

我是一个独生女，父母都是高级知识分子。也许是望女成凤吧，他们从小就对我十分严厉。虽然在生活上不亏待我一点儿，但是在思想上却很少和我交流，在学习上更是高压管制，从不放松。当时就觉得他们很残酷，现在才明白，他们和其他盲目溺爱孩子的父母没什么两样，只不过溺爱的方式不同而已。

我十分孤独。所以从开始学习写作文起，我就养成了写日记的习惯。每天晚上做完功课之后，我都要尽情地在日记上倾吐我的酸甜苦辣和我的秘密心情。日记，成了我最要好的朋友。

在这种状况下，我考上了我们市的重点高中。学校离家很远，为了节省往返的时间，我每天早上都带着午餐去上学，中午在学校里把盒饭一热，就在教室里吃。带午餐的同学还挺多，大家免不了会在一起“交流”，要是觉得哪个同学带的什么菜好，我就会在日记里提上一笔，有时有人夸我带的菜，我也会顺手写上两句。开始还没留意，后来，我慢慢地发现，凡是我在日记里记过的那些味道不错的好菜，隔上一两天，妈妈就会让它们出现在我的饭盒里。

莫非他们偷看了我的日记？我不愿意相信。在这之前，我从没想过这个问题。我的日记本就在抽屉里放着，我从没有上过锁。我丝毫没有怀疑过父母，他们一个是工程师，一个是编辑，那么温文尔雅，风度翩翩，他们怎么会这么做呢？

但是，我不愿意看到的事情还是发生了。我发现日记里的书签好几次被动了地方——对这种细节，青春期的我有着一种异乎寻常的敏感。可是我还是没有贸然出击，我想了一个花招儿。那天晚上，我在日记里写道："中午，大家在教室里吃各自带的盒饭，张伟丽带的是土豆丝，是用青椒丝和肉丝拌着炒的，脆脆的，麻麻的，真香！张伟丽的妈妈真好！张伟丽真幸福！"

第三天早上，我打开饭盒，扑入眼帘的便是青椒丝和肉丝拌着炒出来的香喷喷的土豆丝！我愤怒极了。当即就把饭盒扣到了地上。妈妈吓愣了，呆呆地看着我。我冷冷地说："你们是不是看了我的日记？"妈妈说不出话来。爸爸走过来说："就是看了日记又怎么样？你也不能这样对待你妈妈！"我叫道："那你们是怎么对待我的？你们知不知道你们的这种行为有多么不道德！多么卑鄙！"

说完我就冲出了门，在大街上逛了一天。那是我第一次逃学。我忽然发现这个世界实在是令我失望：连父母都不值得信任，生命还有什么意义？连生命都没有什么意义了，那么学习呀，成绩呀，高考呀，前途呀等这些附属品更不值一提。现在想起来似乎难以置信，但是我确实就是这样钻进了牛角尖里，开始了严重的心理封锁和自我幽闭。

往后的事情越发不可收拾：我成了那个时候少有的“问题少女”，被学校建议休学一年。就那么守在家里，和父母几乎不搭腔。他们想和我说话，我也不理他们，只是把自己关在房里胡思乱想——在休学之后，也是无处可去。那时候心理医生和心理诊所还是个许多人闻所未闻的新鲜名词，我几次甚至差点儿割腕自杀，只是因为勇气不足而临阵退却了。过了一段时间，爸爸给我办了一张图书馆的借书证，我就开始去外面看书。就这样，我熬过了漫长的一年——现在想来，能熬过那一年，还真亏了那些书呢。

这之后，我又到一所普通高中复读，高中毕业又上大学，大学毕业后顺理成章地参加了工作。不知不觉间，我的生活又步入正轨：唱歌、跳舞、交朋友，成了一名平凡而快乐的年轻人，以前的阴影似乎淡淡隐去了。

二十四岁生日那天，妈妈做了很多菜——二十四岁是本命年，父母相当重视。其中一道菜就是土豆丝。看到土豆丝，我一下子又想起了旧事，便以开玩笑的口气对他们回忆起我当时的糟糕状况，没想到父母当时都哭了。妈妈说：“你知道这些年来我是怎么过来的吗？看到一盒土豆丝把你弄成了那样，给你承认错误，聊聊天，谈谈心什么的，你都不让。我真是连死的心思都有啊！”

我震惊极了。我从没有想到那盒土豆丝居然在父母的心上也压了这么多年，并且膨胀成了沉重的千斤担，而且他们负载的是自己和女儿的双重痛苦。当年他们固然有错，但从本意上讲，他们也是为了我好。他们虽然是父母，可也并不是圣人，他们也有犯错误的权利，也有在人生中学习的权利。他们也像我一样，是个会受委屈的“孩子”，需要在犯错误和学习的过程中得到理解和宽容。

此时，我终于明白了，也许我们对待父母最公正的态度，就是用成人的态度而不是孩子的态度。只有这样，我们才可能与他们平等地进行沟通和交流，才能设身处地地理解他们和尊重他们。

“‘父母的爱虽然不能理解我们，但它仍然是我们生命中最重要最宝贵的财富！’这是奥地利诗人里尔克的话。”朋友最后说，“而我想说的却是：如果父母的爱能够理解我们，我们的爱也能够理解父母，那么这两种爱便可以融会成我们生命中最重要、最宝贵也最美好恒久的财富。”

Part 3 第三部分

我总是有些惊奇那时的自己：

不懂怕，不知怕，自信，明朗，大胆，激烈，好奇。

像一棵小野树，只是不管不顾地疯长着，没形没样，

但是充满着原始的生机和宝贵的活力。

标本的一天

今天是 2011 年 4 月 2 日，愚人节刚刚过去，清明节即将来临。天空下起了蒙蒙细雨。我步行去单位，脚上是一双旧靴子，因此踩水也不觉得心疼。伞是黑灰细格，手袋是天蓝色的，里面装着牛奶和饼干——我习惯在单位吃早餐。出门才发现靴子上零零星星地挂着些白白的干泥点，是上次雨天出门的痕迹。想要去擦，看了看，却又觉得它很好看，跟这雨天很相配。便任它闪着，行在路上。

雨不大不小，下得很清新。早春的树叶也刚出齐全，如同十六七岁的少女，也很清新。这样的雨，并不妨碍鸟儿们的飞翔。鸟声在雨中婉转啼鸣，也是清新——这真是鸟声如洗的清新啊。如果今天没有雨，有的是太阳，那太阳会暖得让人微醉，也会让人微微起燥。现在，因了雨的清新，一切便都是清新的了。

看路上的行人，穿裙子的，穿棉衣的，穿 T 恤的，穿毛衣的，穿衬衫的……真是乱穿衣。看大家的脸，也仿佛因雨的清新而沉静了许多，愉悦了许多，舒展了许多。

来到单位，在传达室取过报纸，进了办公室，先简单打扫一下卫生。我的办公室很不像办公室：花花草草，咖啡牛奶，糕点零食，黄酒白酒葡萄酒，普洱龙井铁观音，琳琅满目的程度简直堪比一家小型超市。坐卧两用的沙发从来都是一用——只铺成床的样子，毛毯被褥长枕方枕也是一应俱全，还有睡衣睡裤凉拖和棉拖。不夸张地说，在办公室里，我可以待上三天都吃喝不误。有朋友说我的办公室太像闺房了，太不严肃了，太温馨了，太容易让人腐化堕落了。我笑："对，将一切公共环境私人化，这就是本人所好。"我从没有将办公室当成是办公室，因它将在我的时间份额里占有很大的比例，所以我对它的要求就是两个字：舒服。

冲上咖啡，就着饼干，随便拿起一本书，混搭着文字吃早餐。今天看的是帕慕克的《伊斯坦布尔》。翻的是他写雪的那一页，大家就是大家，轻轻松松就力透纸背："……我的童年回忆少不了这一片覆盖的雪。有些小孩等不及开始放暑假，我却等不及开始下雪——不是因为我能出去玩雪，而是因为雪让城市看起来焕然一新，不仅把泥巴、污秽、废墟和疏忽掩盖起来，也为所有的街道和景色提供某种惊喜，某种迫近凶险的甜美气息。"最后这句"某种迫近凶险的甜美气息"是我无论如何都想不到的意外之句。乍一读觉得很没有道理，但一想，却也就是那么回事。如同《红楼梦》里香菱品味的那句"大漠孤烟直，长河落日圆"。看来无论是哪个国度哪个时代的作家，高手就是高手啊。我等只能一边感慨一边羡慕嫉妒了。

不知不觉读到中午，朝窗外看看，雨还在疏疏落落地下着。到吃午饭的时候了。可以回家吃，也可以在附近小店吃。回家就是炒个素菜吃个馒头再喝个鸡蛋汤，去小店呢，就更随意了。今天这雨让我格外想和陌生人在一起吃顿热腾腾的饭，于是就来到了一个大盘鸡店，要了一份大盘鸡，三十块钱，再送一份烩面。这里的大盘鸡我常吃，土豆和鸡各一半，地沟油很油，辣椒很辣，鸡很可能也有问题，但是就是吃着香。于是吃的时候，我就不想那么多了。我对自己说：就是好，好，好，好。

很多时候，我很喜欢这种恶俗的香。

吃过午饭，又在街上散步。这附近有几家小店挺有意思。试试“衣拉客”的衣服，看看“饰博汇”的饰品，闻闻“过街薯”的气息，再和“天下第一烤甘蔗”“绝味高炉烧饼夹里脊肉”“砂锅饺子砂锅面”的老板们聊几句，便也到睡午觉的时候了。于是回到单位，躺到沙发床上，关掉手机，翻两页闲书，睡觉。随便睡多久，醒来再看会儿书，写一点点东西，便下班回家。之后是做饭，吃饭，散步，洗澡，看电视，再之后——继续睡觉。

至此，这一天大概也就结束了。午夜十二点之前做的梦不算。

这是我很多日子中最平凡的一个。是最最普通最最平凡最最乏善可陈的一天，实在不应该说这么多，说这么多实在是有骗稿费的嫌疑。但是，今天，我却格外想把它记录下来，作为无数个一天中的一个标本——一个幸福的标本。因为，活到今天，我越来越发现这种日子的美好之处，如同越来越发现自己拥有一整套健康的身体器官：胃、肺、心脏和大脑，有多么好。我能够用这一整套健康的器官来赚钱，买馒头，买洗发水，能付得起电费、水费和天然气费，有多么好。能擦得起皮鞋，吃得起凉皮，看得起电影，有多么好。能有时间、有心情，还有能力找到这些句子来表达这一切，有多么好。

这个标本所意味的，不是一天。它就是我的当下。这一个个当下连着我的昨天和明天。昨天是此岸，明天是彼岸，这个标本的一天，它就是船啊，我在船上，心怀热爱。

拒绝迫害

余华大哥曾经在一篇名为《关于时间的感受》的随笔里，以颇有些撒娇的语气这样写道："这是时间对我们的迫害，同样的距离，展望时是那么漫长，回忆时却如此短暂。"——我也是广大被迫害者中的一员。为了不让自己不爽，也为了让自己少发那些矫情的感叹，平时我有意回避这种被迫害的感觉，但不久前的一个夜晚，一个大学同学的电话让我不得不直面这种迫害。他在电话里长叹了一声，道："二十年了啊。"

是的，毕业已经二十年了。二十年，弹指一挥间——每当用到这些词语的时候我就会纳闷：到底是谁在弹指？相比于长着指头的我们，弹指的更像是没有长指头的时光。他老人家无指胜有指，只需吹气一般打个小小的哈欠——或许还用不了一个哈欠，我们就被它弹出了肥胖的体形，水肿的心灵，横生的皱纹，粗笨的老茧……

同学说的是毕业二十年同学聚会的事。电话里，他语重心长，谆谆教诲："二十年了，多不容易啊，一定要来啊，同学情谊值得珍惜啊……"

我只沉默，心中无比的平静和清凉。

我不打算去。——不，我对同学们没有什么成见，我的大学生活过得还算可以，是最正常最普通最平凡的那种生活，有被窝卧谈的红颜知己，也有秋波暧昧的青衫之交，有着最简单的烦恼，也有着最没创意的欢乐，一些些浪漫，一些些愉悦，一些些欢喜，一些些感伤……总之，该有的我都有，包括偶尔想起便会微笑的美好回忆；不该有的我都没有，包括那种让我无法面对旧人的幽暗繁复的心理顽疾。——我想说的是，我之所以不想去参加这个聚会，和我的学生生涯本身毫无关系。

有关系的，只是我自己。梳理了一下，大致原因如下：一、随着年龄的渐长，我的生活越来越孤独，越来越不喜欢参加任何形式的集体活动，因为只要参加集体活动，就得符合集体活动的某些规则和潜规则，就得耗费掉我珍贵的身心自由。对现在的我来说，不自由，毋宁死。二、在所有的集体活动中，我尤其不喜欢同学聚会这种形式以及与这种形式搭档的常规内容：二十年前个个纯真如玉晶莹剔透的神仙少年，变成了脑满肠肥庸俗不堪的中年男女，试图在灯红酒绿推杯换盏中制造些许青春幻觉。做了小官的人控制不住习惯性地颐指气使和扬扬得意；混得不如意的坐在角落里低头耷脸，郁郁寡欢；曾经月朦胧鸟朦胧过的恋人互相打量，感慨万端；座位离得八丈远叫名字都得想十分钟的那些，则热火朝天地说着工资奖金、老公老婆、儿女学业、健身养生，琢磨着谁或许以后是用得着的，再小心地奉上些言不由衷的恭维和夸赞……用脚指头都能想象得到，无非这些。

还会怎么样呢？还能怎么样呢？

至于同学情谊这个词——不，对于加在情谊前面的任何定语，我都抱着很顽固的怀疑态度。师生情谊，同事情谊，邻居情谊……算了吧，情谊这个主语和前面的定语有什么普遍的关系呢？师生不过意味着那人在讲台上站着，我在讲台下坐着；同事不过意味着在同一个办公室听过彼此的喝茶声；邻居不过意味着墙那边传来的吃喝拉撒的零碎动静；同学不过意味着我们在同一个大院子里的同一间大屋子里过过大致相同的表面生活。如此而已。大学四年，所有的同班同学里，我只和三个人结下了真正的友谊，在我共计二十多年的学生生涯里，这个成绩已经算是硕果累累了，其中就包括打电话通知我参加聚会的这个。我相信这三个人就是一辈子没有同学聚会也会经常联系，且是有质量的联系。既然我最珍视的情谊就在他们三个身上，那我干吗要去赶全班聚会这种熙熙攘攘的大集呢？

我承认回忆很美好，我承认那些想把美好回忆再恢复的同学的想法很美好，但是恕我不能苟同。美好的东西就让它们在水晶瓶里自顾自地美好去吧，干吗一定要把我们现在满是灰尘的手再伸进去，给它们弄上些细菌呢？干吗要怀着不可理喻的无聊的热情把它们再糟蹋糟蹋呢？从小学到大学，我从不喜欢回母校，也不喜欢回故乡。就像我从不约见曾经恋爱过的男友，即使他约见我，我也绝不相见。

所以，不去，坚决不去。有人爱赶就让他们赶去，我绝不允许自己去赶同学聚会这种一眼望到底的大集。我拒绝任何形式的这种大集。我绝不在接受时光无形迫害的同时，再委屈自己去接受集体有形的迫害。我不是受虐狂。

我能想象出对于我的这种态度，同学们会有什么说辞。那就随便他们说我什么吧，高傲也好，孤僻也好，麻木也好，心冷如铁也好，任何一顶道德绑架的大帽子都在我的想象之中。反正我已经是一家帽店的老板了。

五颗樱桃

我家院子里种着一株小小的樱桃树，长了两三载，今年头一次挂果，居然结得密密匝匝的，十分喜人。有道是“樱桃好吃树难栽”。这株樱桃树既然是成功的典范，便引来了许多街坊邻居以及邻近的亲朋好友来观赏和谈论。一些小孩也主动组织了一个“防护队”，每天一放学就拿着小棍来到我家为樱桃树敲虫子。

“等到樱桃熟了，你们每人可以得到五颗樱桃。”爸爸常常笑着对大家说。

五月上旬，樱桃一颗颗全变红了，如浸朱染彤的星星，亦如晶莹剔透的宝石，十分漂亮。给邻居和亲友分送了一些，自家的人又尝了一些，果真只剩下了一点儿。等到“防护队”的孩子们如期来讨时，爸爸便每人分给他们五颗樱桃。

“还有侯斌的呢。”分完之后，一个孩子说，“侯斌病了，没来。”

“谁知道他家在哪里？可以给他捎回去。”爸爸说。

孩子们都说不知道。

“等他病好了你们就告诉他，让他来这儿拿樱桃，我给他留着呢。”爸爸说。

爸爸果然认真地留下了五颗樱桃。但是直到樱桃变得干瘪干瘪，那个叫侯斌的小孩子也始终没来。爸爸念叨了许久，终于把樱桃扔掉了。

第二年春天，“防护队”的小孩子们又来我家给樱桃树赶虫子，但是里面没有侯斌。他们说，侯斌已经上中学了，他们和他不在一个学校里。

但是樱桃红时，爸爸还是留下了五颗樱桃。

侯斌依然没来。

第三年春天，爸爸直接带着樱桃到城里的中学查找侯斌。倒是有几个叫侯斌的，都说从不知道这五颗樱桃的故事。查到最后一个侯斌时，老师说，侯斌已经跟着父母转学到珠海了。

爸爸怅然而归。

家里人都笑着劝爸爸何必如此用心良苦。“不就是一个小孩吗？”可是爸爸却始终没有吐口说要放下这件事。

一天，爸爸交给我一个地址和一个玲珑的木盒子，要我到邮局寄出去。“我好不容易才打听到他在珠海的地址，”爸爸说，“樱桃我已经装好了，你要用快件寄出去，不然会坏的。”

我拿着盒子来到邮局，照着地址填了包裹单，并且在“包内装何物”一栏里写下了“五颗樱桃”。

“就五颗樱桃吗？”营业员笑道，“好奇怪啊。”

我淡淡地笑了笑。是的，除了爸爸和侯斌，也许所有的人都会觉得这件事情挺奇怪——不，也许侯斌也会觉得奇怪。在这个世界上，难道还有这种古板的为五颗樱桃而守着承诺的人吗？

“你怎么不填价值多少？”营业员又问。

我再次沉默。是的，我没有填写价值多少。因为面对这轻如鸿毛又重于泰山的五颗樱桃，面对这甜美如饴、诚挚如火的五颗樱桃，我确实不知道应该填上哪个数字才最合适。

我不知道物值几何，正如我不知道心值几何。

小鱼对河床的成全

做了母亲之后，十分喜欢看着儿子睡觉。他泥鳅一样光滑的背，黝黑健康的肩膀，饱满茁壮的脚，眉宇间不可言说的可爱神情……看着看着，我常常觉得，单是为了这么一看，女人就不能错过做母亲的机会。

忽然又想，自己这么小的时候，一定也是这么在母亲的目光里熟睡的吧？然而快乐的童年又是懵懂的，在这种目光里我一次也没有被看醒，所以也不曾记得。对这种目光开始有感受是在渐渐长大之后，那一年十三四岁，正是女孩子刚刚有心事的时节，世界仿佛沾上了一层浅淡的绒毛，是柔软的，又是可惧的；是新鲜的，又是羞涩的；是骄傲的，又是胆怯的；是敞襟儿的，又是密闭的；是吸收的，又是排斥的。是草一般纷乱地伸展着自己的枝条，然而又如花粉一样敏感着各种各样的风。

一天，我正在里间午睡，还没睡稳，听到母亲走进来，摸摸索索的，似乎在找什么东西。过了一会儿，忽然静了。可她分明又没有出去。我们两个的呼吸声交替着，如树叶的微叹。我莫名地觉得紧张起来，十分不自在。等了一会儿，还没有听到她的声响，便睁开眼。我看见，母亲站在离床一步远的地方，正默默地看着我。

“妈，怎么了？”我很纳闷。

“不怎么。”她说。似乎有些慌乱地怔了怔，走开了。

后来，这种情形又重复了一次。我就有些不耐烦地说：“妈，你老是这么看着我干吗？”母亲仿佛犯了错似的，一句话也没有说。

以后，她再也没有这么看过我了。或者说，是她再也没有让我发现她这么看着我了。而到我终于有些明白她这种目光的时候，她已经病逝了。

再也不会有人肯这么看着我了。我知道。这是深根对小芽的目光，这是天空对白云的目光，这是礁石对海浪的目光，这是河床对小鱼的目光——这种目光，只属于母亲。

孩子在我的目光里，笑出声来。我的目光给他带来美梦了吗？我忽然想：如果能够再次拥有母亲的这种目光，我该怎么做？是用笑的甜美来抚慰她的疲惫和劳累？是用泪的晶莹来诠释自己的呼应和感怀？还是始终维持着单纯的睡颜，去成全她欣赏孩子和享受孩子的心情？

有些错误，生活从来都不再赐予改过的机会。我知道，这种假设对我而言，只是想象的盛宴而已。但是，我想，是不是还有一些人也许需要这种假设的提醒呢？如果，你还有幸拥有着母亲，如果，你浅眠时的双睑偶然被母亲温暖的目光所包裹，那么，千万不要像我当年一样无知和愚蠢。请你安然假寐，一定不要打扰母亲。

你会知道：这种小小的成全，对你和母亲而言，都是一种深深的幸福。

青春叛逆史

记忆里初中时的自己是一个乖乖女，成绩不错，老师宠爱，家长赞扬，同学瞩目。前些天整理那时的日记，才诧异地发现：记忆是会骗人的。我根本就不是自己以为的那样珠圆玉润，顺畅通达。根本就不是那样。它完全突破了我现时的记忆，见证着我，让我看到：原来我曾经是那样一个不安分的、叛逆的孩子。

第一页可以称之为叛逆的记载是把自行车骑进河里。小学是在村里上的，没有机会骑自行车。初中到了乡里，表姐把一辆很娇小的女式车给了我，于是，每天两次上下学就成了快乐的旅行。我在自行车把上系了一个大大的红蝴蝶结，让它迎着风在我的歌声中飘来飘去……沿路有一条小河，水波清澈，浅不没膝。一天早上，我照例骑车上学，走到半路，一个衣扣开了，我懒得下车，便腾出一只手去整衣服，车把只靠另一只手撑着，就有些歪。歪的方向是朝着河的。待整好衣服，车已经靠近河堤的边缘了，如果此时纠正，完全不会让车出轨。可鬼使神差，我突然想：要是把车骑进河里会怎样呢？那会是一种什么感觉？这么想着，简直就是故意地让车顺着河堤冲了下去。在冲下去的一瞬间，我清楚地记得，我还往身后看了看，没有人。一阵失控的跌撞之后，我如愿以偿地栽进了河里。河水好凉啊，河草好密啊，河泥好软啊。当我从河里爬起来，居然傻乎乎地这么想着，还对自己做了个鬼脸。到了学校，我找住校的同学换了衣服。她问我怎么会掉进河里，我支吾地说车坏了。而那辆可爱的自行车经过这次重创之后，不久就真的彻底坏了。我换骑了一辆笨重的大车，但是，我从没有对进河那件事情感到后悔。

第二页叛逆的记载是和老师之间发生的事件。好像是上初二了，当时我是历史课代表，历史老师沉默寡言，我和他一向说话不多，也不喜欢他惨淡无味的课。他常常用十分钟就把课讲完，然后就是让我们做作业和背诵。经常有同学在他的课上读课外书，我也很想，可碍于自己是课代表，就不好意思那么做。

一次，早早地做完作业，也背会了，我实在想看抽屉里的小说，又不想像别的同学那样偷偷摸摸，就举起手对历史老师说："老师，我可不可以看小说？"他当然大怒，厉声斥责了我，说："不可以！"我争辩说："那么多同学看你都不管，我为什么不可以？何况我还报告了呢。"我怎么能够明白有些事情是做了不可以说，而有些事情是说了就不可以做呢？

和历史老师发生冲突的结果是我被免了课代表一职，然而事情并没有到此结束。紧接着的全乡历史知识竞赛，以往每次必当主角必会获奖的我竟然被他剥夺了参赛资格。我认为这是典型的公报私仇，当然也是大怒，对一个关系很好且有点儿男孩子脾气的女同学诉苦，她帮我出主意：“可以告他，就不信没有说理的地方！”信寄出去了，一周之后，县教委便派人下来调查此事，还把我们叫去谈话。想来简直惭愧极了，我的信居然是写给党中央的，信封上的地址便是“北京党中央收”！虽然没有到达目的地，在县邮局便被截了，但还是在教育系统引起了不小的轰动。最后的结果是，那位历史老师被调离到一个村小教学。

我似乎是胜利了。然而现在忆起，却全无胜利的喜悦。其实客观地说，那位历史老师又有什么大错呢？即使平庸，即使小气，也不过是芸芸众生中的一个，应该有被原谅和宽容的余地。不幸的是，那时的他碰上了那时的我，于是，我青春的尖刺便扎上了他尘俗的旧衣。不知道他那时有没有觉得痛，也不知道他现在怎样了。

此类的叛逆事件还有若干。

之三，老师让发言表达自己未来的理想，众目睽睽之下，我说自己喜欢军人，长大要当兵。如果当不了军人，也要嫁给军人当军属。老师尴尬，同学大笑，而我却在日记中振振有词地写下心中的不平：“当军属难道不光荣吗？”

之四，老师让我在课堂示范讲解，中间有提问环节，我大声喊老师的名字：“张长富！”大家瞠目结舌，而那老师却坦然地站起，我问他答，配合默契，课后还表扬我大胆：“既然扮演老师，就应该有这样的勇气。”也是这位老师，鼓励我毛遂自荐去当“大班长”这个年级最大的官；怂恿我在全校大会上唱歌，说板书；纵容我和他气势汹汹地吵架、争辩；聆听我稚气地阐述对早恋的认识和看法……他喜欢我展现个性，喜欢我锋芒毕露，让我每次想起他的笑容就觉得温暖。在青春叛逆史上，有这样一个顺着自己叛逆的老师，是多么幸运啊。

转眼已经过了而立之年，回头看看，我总是有些惊奇那时的自己：不懂怕，不知怕，自信，明朗，大胆，激烈，好奇。像一棵小野树，只是不管不顾地疯长着，没形没样，但是充满着原始的生机和宝贵的活力。由衷地希望这种纯真的叛逆还没有消失，还以另一种形式隐藏在我的生命里，随着岁月浸根入土，长叶开花，成为青春留给灵魂最好的礼物。

一夜胸针

那是一枚菱形的胸针，银色的表面上贴着一些人工制造的亮晶晶的小颗粒。现在想来，它是如此的粗糙和简单。但是在二十年前，从没有触摸过首饰的我，对于它的感觉可以说是一见钟情。

它是在邻居女孩英子的衣服上出现的，被斜别在英子的外套上。以现在的审美观来判断，英子真是有点儿东施效颦。然而当时，在仅仅七岁的我眼里，她却俨然西子捧心。真是美呀。我一遍又一遍地暗自惊叹。玲珑剔透的小“珠宝”衬着玫瑰红的衣色，犹如黎明的露珠流淌在纯净的花瓣中，让我的眼睛深深地痴迷和沉醉了。

“让我戴一会儿吧。”我真想对英子说。但是我始终没有开口。我自卑而倔强的性格决定了我不会那样开口。可是，胸针的光彩和魅力又决定着我的羡慕和渴望。

这枚小小的胸针，从此便成了唯一能够照亮我笑容的太阳。不过，我也清晰地感觉到，我的笑容之后有一重隐隐的阴影。尽管那阴影到底意味着什么，我并不知道。

一天晚上，妈妈让我去英子家借东西。不知道为什么，英子家的大门半开着，却没人在家。就在我转身要走的一刹那，我突然看见英子的外套就挂在院子里的晾衣绳上！

鬼使神差。我一步步地走到外套前，迅速地找到了那枚胸针，然后从容不迫地把它取下，揣在自己的口袋里。真的，我一点儿也没有惊慌。我沉稳地、若无其事地走出了英子家，连我自己都觉得不可思议：这个轻车熟路老练之极的小偷是我吗？

是我吗？

我没有深问下去，也不敢深问下去。那一刻，我只认识这枚胸针，我已经不认识自己了。

回到家里，所有紧绷的神经方才在内部真正地松弛下来。我飞快地吞完晚饭，早早地钻进了被窝。借着昏黄的灯光，我小心翼翼地把胸针戴在了内衣上，想细细地欣赏一下。可是，我还没来得及好好地看一眼，就听见有脚步声推开了卧室的门，并且越来越近，终于在我床前停顿下来。

我双眸闭合。

“你不舒服吗？”是妈妈。

“没有啊。”我假装惺忪地睁开眼。

“我总觉得你好像不太对劲儿。”

“没有啊。”我的手压住胸针，仿佛它会萌生出翅膀，展现到妈妈的眼帘中。

妈妈的手探到了我的额头上。

“你干什么呀，妈？”我口气微烦，神情灿烂，“我真的很好。”

妈妈疑惑着，终于走了。聆听着自己咚咚咚的心跳声，我终于明白自己做的是多么愚蠢的一件事。不错，这枚胸针现在已经属于我了，但是，它也就此被改变了以往幸福的命运。因为，只要它植根在我暗淡的手掌中，它就丧失了在众目睽睽之中绚丽的权利。从此，只要它陪着我，它就只能待在黑黢黢的被窝里，或者，待在最里层的内衣上，再或者，待在只有我一个人的阳光下。

它已经失去一枚胸针的意义，变成了一块压在我心头的巨石。对我来说，与其说它是一件美丽的首饰，不如说它更像是一种煎熬的刑具。

我虐待了这枚胸针，也作践了我自己。我用精神的折磨和良知的痛苦来获取对这枚胸针的占有，实在是用金丸打雀。——何止是得不偿失？

鬼使神差。我又一次想起了这个词。其实，也许世界上从来就没有鬼。如果说有鬼，那鬼在很大程度上讲就意味着人自己的私欲。同样，世界上也许从来就没有神。如果说有神，那神在很大程度上讲也只能是人在私欲上对自己的清剿和拯救。

我已经做了自己的鬼，为什么不可以做自己的神？

第二天一早，我悄悄地把胸针塞进了英子家的大门缝里。之后，又支起耳朵敏感了好几天，直到确信无人揪住我的这个“小尾巴”，才慢慢地恢复了常态。也许是这件事情对我的影响太深了，从那以后，我对首饰的感觉一直很淡远。因为我明白：一件首饰无论多么珍稀，多么昂贵，它永远都只是一件首饰。它永远都不应当也没有资格占据一个人的主流——心田的宁静和灵魂的平安。

和自己下棋

学会下棋，是父亲熏陶的结果。起初只是蹲在一边看，久而久之，竟也把路数看了个差不多。在大人们厮杀正酣时，也试着出主意喊招数，使周围观棋的人惊诧："这么小的女娃，也懂下棋？"我一撇嘴："有什么了不起，不就是'马跳日，象走田，打炮架个山'吗。"人们便大笑起来。

当然，开始父亲是不屑于和我对阵的，但禁不住我软磨胡缠，只好充当老师和对手的双面角色。过了些日子，我自觉长进不少，便要求独立作战。下棋时紧咬着父亲的棋子，倒也严密谨慎，却总是莫名其妙地被杀得落花流水。终于有一天，父亲看着我凌乱的残局，郑重而严肃地说："真要学棋，就一定要明白：心里不能只装着一方的棋。下棋的虽是两个人，其实你只能把这看成你一个人的事，要把红子白子都看成你自己的子，才能有备无患，患亦不惊。说白了，你是在跟自己下棋呢！"

红、白怎么会都是我的子？明明是两个人下棋怎么能看成一个人的事？我困惑地望着父亲的脸，不敢细问。然而这几句似懂非懂的话却清晰地印在了心里。直到十几年后的今天我才彻悟：这话不仅仅是下棋的箴言，更是一种深刻的人生体味。

中学时一位老师曾对我有过极偏颇的成见和极刻薄的伤害，为此我暗暗恨了她很久，甚至毕业几年后还耿耿于怀。一次，余恨未息地和父亲谈及此人，父亲淡淡笑道："师固不良，生亦不佳。良师不会令学生恨之若此，高徒亦不会因愚师劳心费神。"我无话可说，心里一阵空落和失意。是的，劣师固然不堪多言，可我自己呢？我绵绵难绝的忌恨除了证明我的心胸依然狭隘、心性依然肤浅、处世依然幼稚之外，还能证明什么呢？如果这是一盘棋的话，我是又输了：整日忧忧戚戚，为人所制，失去了自己的章法和活力。既不能目光舒远，视莠草为微尘，也不能收纵自如，化顽疾于肺腑。对老师的恶情，其实也正反射了自己的心浊，何胜之有？

自此，我明白了父亲的话：下棋的虽是两个人，你却只能把这看成一个人的事。红子白子都是你要走的子，你是在跟自己下棋呢。

人类是脆弱的，总是需要一些形式来证明自己，于是就有了比赛。而所谓的对手，不过是自己的另一种演绎。透视过它，你才能更清晰地看到自己、把握自己和超越自己。

从某种意义上说，你的灵魂，正聚焦在你的对手身上。

美国年龄最大的女性热气球飞行员康妮·沃尔夫一直以喜好冒险而闻名于世。她是第一个乘热气球飞越阿尔卑斯山的女性和美国人，曾在五十六岁那年从苏联人手中夺走十五项世界纪录，八十五岁高龄时仍在飞行。她的飞行员执照至今有效。我曾多次想起这位传奇式的女人，她似乎总是在向谁挑战，而应战的似乎总是她自己。她倾尽全部的生命能量来和自己下棋，终于从灵魂到肉体都得到了一个全新的自己。

所有的困难和障碍都是极虚无的，只要你想征服自己。那些艰辛和挫折都喜欢安卧在怯懦和脆弱的心灵里。漫漫的人生之旅中，你必须学会和自己打架，和自己挣扎，和自己抗拒，和自己下棋。

而我自己每每浮躁不安心绪烦乱时，便会在一个幽静的夜晚独坐案前，默默地和自己走上一盘棋。走过水深火热，走过繁花似锦，走过泥泞沼泽，走过丽日阳春……然后，推窗望月，悄然疑思，心澈如泉，心朗如天。

父亲的请帖

父亲一直是我们所惧怕的那种人，沉默、暴躁、独断、专横，除非遇到很重大的事情，否则一般很少和我们直言搭腔。日常生活里，常常都是由母亲为我们传达“圣旨”。若我们规规矩矩地照着办也就罢了，如有一丝违拗，他就会大发雷霆，“龙颜”大怒，直到我们屈服为止。

父亲是爱我们的吗？有时候我会在心底里不由自主地偷偷疑问。他对我们到底是出于血缘之亲而不得不尽的责任和义务，还是有深井一样的爱而不习惯打开或者是根本不会打开？

我不知道。

和父亲的矛盾激化是在谈恋爱以后。

那是我第一次领着男友回家。从始至终，父亲一言不发。等到男友吃过饭告辞时，父亲却对他冷冷地说了一句：“以后你不要再来了。”

那时的我，可以忍耐一切，却不可以忍耐任何人去逼迫和轻视我的爱情。于是，我理直气壮地和父亲吵了个天翻地覆。——后来才知道，其实父亲对男友并没有什么成见，只是想要惯性地摆一摆未来岳父的架子和权威而已。可以说，在很大程度上，是我的激烈反应大大激化了矛盾，损伤了父亲的尊严。

“你滚！再也不要回来！”父亲大喊。

正是满世界疯跑的年龄，我可不怕滚。我简单地打点了一下自己的东西，便很英雄地摔门而去，住进了单位的单身宿舍。

这样一住，就是大半年。

深冬时节，男友向我求婚。我打电话和母亲商量。母亲急急地跑来了：“你爸不点头，怎么办？”

“他点不点头根本没关系。”我大义凛然，“是我结婚。”

“可你也是他的心头肉啊。”

“我可没听他这么说过。”

“怎么都像孩子似的！”母亲哭起来。

“那我回家。”我不忍了，“他肯吗？”

“我再劝劝他。”母亲慌慌地又赶回去。三天之后，再来看我时，神情更沮丧：“他还是不吐口。”

“可我们的日子都快要定了，请帖都准备好了。”

母亲只是一个劲儿地哭。难怪她伤心。爷儿俩，她谁的家也当不了。

“要不这样，我给爸发一个请帖吧。反正我礼到了。他随意。”最后，我这样决定。

一张大红的请帖上，我潇洒地签上了我和男友的名字。不知父亲看到会怎样，总之一定不会高兴吧。不过，我也算是尽力而为了，我自我安慰着。

婚期一天天临近，父亲仍然没有表示让我回家。母亲也渐渐打消了让我从家里嫁出去的梦想，开始把结婚用品一件件地往宿舍里给我送。偶尔坐下来，就只会发愁：父亲在怎样生闷气，亲戚们会怎样笑话，场面将怎样难堪……

婚期前一星期，下了一场大雪。第二天一早，我一打开门，便惊奇地发现我们这一排宿舍门口的雪被扫得干干净净，清爽的路面一直延伸到单位的大门外面。

一定是传达室的老师傅干的。我忙跑过去道谢。

“不是我。是一个老头儿，一大早就扫到咱单位门口了。问他名字，他怎么也不肯说。”

我跑到大门口，门口没有一个扫雪的人。我只看见，有一条清晰的路，通向一个我最熟悉的方向——我的家。

从单位到我家，有两公里远。

沿着这条路，我走到了家门口。母亲看见我，居然愣了一愣：“怎么回来了？”

“爸爸给我下了一张请帖。”我笑道。

“不是你给你爸下的请帖吗？怎么变成了你爸给你下请帖？”母亲更加惊奇，“你爸还会下请帖？”

父亲就站在院子里，他不回头，也不答话，只是默默地、默默地掸着冬青树上的积雪。

我第一次发现，他的倔强原来是这么温柔。

请你把我当外人

妹妹打电话诉苦，说她夫家叔叔的女儿考大学来到了她所在的城市，叔叔叮嘱他们夫妇关照，她便约那女孩有空来家吃饭。女孩去了一次，大约是觉得不错，便去上了瘾，每逢双休日便去。去便罢了，还全不懂规矩，吃过饭从不收碗，洗过澡就把浴液和洗发水横七竖八地扔在盆里，梳妆台上的化妆品随便用，梳子上的落发一丝不捡，垃圾袋一次不换，抓住电话就狂打……都是小事，可小事多了也闹人。妹妹终于忍不住，委婉地和她谈了一次，那小姐从此不再上门，只是在亲戚圈里告妹妹的状，说她不容人："我不拿她当外人才去她家的！"

转述这句话的时候，妹妹苦笑："她去享受的时候，不把我当外人，为什么我说她的时候，她就把我当外人了呢？"又欣慰地叹口气，"好在她已经把我当外人了。"

妹妹的感觉我也有过。

按常理，被人信任是一种幸福。"不把你当外人"，曾几何时，这样的话常常让我如饮甘露。但现在，活到三十多岁，这句经典让我开始觉得有点儿串味儿。一听见它，我就不由自主地想打激灵。

“咱们这种关系，我就不把你当外人了。最近手头有点儿困难，装修房子了，不能让天花板就那么晾着吧……”这是亲戚，借钱。手头困难还装修什么房子啊。可我不能说别的，人家不拿我当外人呢。

“别人我不好意思张口，你我就不当外人了，你能不能和某某说说……”这是同学，给弟弟调工作。这年头，说说是白说说的吗？成不成都是一笔人情债。但不能推辞，人家不拿我当外人。

“有话直说，不拿你当外人，医疗卡用一下，买点儿药。”这是吃过几次饭的朋友。我暗暗嘘一口气，心想这总比借钱和调工作简单些，于是连忙受宠若惊地取出奉上。不能辜负人家不把我当外人的心意啊。

于是，我越来越发现，“不把你当外人”这种原本朴素而亲切的情谊，正在被聪明无比的当代人演绎为一种神奇的武器。这种武器试图以杀人不见血的力量直接闯入你最柔软善良的领地，将你在一分钟之内发展成为他的“自己人”，然后，他便可以将“自己人”应尽的义务顺畅地传达到你的肩上。——一个传统的荣誉称号，已经成为一句可怕的开场白，一句施压于人的惯用语，一句恶俗的交际辞令。

后来，我又悲痛欲绝地发现，这句话说得最多的，居然是老公。臭袜子满屋飞，玄关处的鞋子从来没放好过，你正和他聊着天，他一歪头已经睡着。更要命的是，他还当众说你的新发型很难看，批评你的服装搭配牛头不对马嘴……总之，所有的粗糙、轻慢、劣性和不雅在你面前都暴露无遗。而我对这一切的微词，他的解释往往就那么一句：“还不是不把你当外人？”

一次，他故技重演，我终于恼羞成怒，逮住由头便开始发威：

“如果不把我当外人就意味着对我的要求熟视无睹，对我的辛苦熟视无睹，对我的心情熟视无睹，对我的自尊熟视无睹，对我的一切熟视无睹，那你就干脆把我当外人好了！”

老公惊诧。

还有许多台词呼之欲出：按你的逻辑，我也不想把你当外人了，早餐不熬你爱喝的玉米粥，洗衣不搓你汗渍顽强的衣领，下厨时不满身油烟地做那道红烧回锅肉……我不想干的，多着呢。但我止住。因为老公说了一句：“那年你住院，我不是也没拿你当外人吗？”

是的，我不能好了伤疤忘了疼。两年前，我小病住院。就是这个黑黝黝的胡子拉碴的男人，他打车带我上医院，从挂号开始，一个科室一个科室地跟着。抽血的时候，他轻转我的头，对我说：“别怕。”手术之后，发生了最难以启齿的便秘，因为没有拆线不能使力，他把着我如同小孩子，问题解决时欢呼雀跃：“出来了！出来了！”

在我最需要他的时候，他没把我当外人。忽然想，是否也可以这样理解，日常生活里，其实他真的也是没把我当外人？因为我的存在，对他意味着最宽敞，最松弛，最自在，最真实，最无遮无拦的家。而他对我，也一样。不然不会有这么河东狮吼的一仗。所谓的不当外人，似乎也应该如此：施时不外，受时也不外；求时不外，助时也不外；给时不外，要时也不外；亲时不外，骂时也不外。

这才是最具意义的“不是外人”。是内人。自己之内，心灵之内的那个人。能当得起“不是外人”的人，有几个呢？

若有一天，再碰到那些因为一时之需就随随便便把我不当外人的人，我一定要认真地回敬他：“请你把我当外人。”

走　神

那天，和朋友聊天，他问我为什么不学车，我说不敢学，因为我有一个习惯是驾车的大忌——走神。

忽然觉得，走神这个词，非常之美。

意思和这个词接近的词还有好几个：愣神，分神，跑神……愣神不用说，太简单粗暴；分神则过于具象无趣；跑神呢？神本来就是情绪的虚指，跑得急迫和紧张又让这个词显得有一种莫名的仓皇；唯有走神这个词是恰恰当当的好，仿佛心穿上了一双舒适的鞋子，在一个分岔的小路上慢慢散步，散啊，散啊，不知散到了哪里，又仿佛散到了任何一个地方。

只在此山中，云深不知处。

不骄不躁，有虚有实，节奏自由，韵味悠悠。这就是走神。

忽然又发现，很多好东西，都是走神得来的。

一件中规中矩的衣服，衣襟下摆忽然调皮地斜出去了一角，上面绣了半只蝴蝶。整件衣服便在蝴蝶这里走神了，因此飘飘逸逸，韵味无穷。

埃菲尔铁塔呢？乍一看是那么无来由的一个铁架子，就那么突兀地矗立在浪漫的巴黎心脏。但是，细想一下：哪一样经典在诞生之初不是突兀的呢？不是经历了晃眼、扎眼甚至刺眼的历程最后才抵达耀眼的呢？因此，不要紧，只要这神走得好，走的是真神，而不是鬼，那么，终有一天它会用自己的光将所有的非议笼罩和说服。正如岁月如酒，泡在这酒里，埃菲尔铁塔成了巴黎最骄傲的走神。

生活中，也一样。让你走神的菜，一定是有故事的；让你走神的话，一定是有渊源的；让你走神走得最远的那个身影，一定有着最刻骨铭心的秘密……

对于一个作家或艺术家来说，走神就更是奥妙，简直是可遇而不可求。哪座雕塑，哪个线条，哪种情绪，哪些人物，哪段旋律不是走神得来的？最走神的作品，也一定是他们最好的作品——走神得来的，是神品啊。

走神，生在情理之中，又在意料之外，抛却所有的约定俗成，奔向心灵最本真的地方，奔向灵魂最自由的地方……

走神，抛却了所有尘世磕磕绊绊的窠臼，是心灵从容地逃走，是思想静谧地开叉，是精神最纯粹最无功利地漫游……

某种意义上讲，走神，是未知的花园，是想象的基地，是飞翔的神话，是深邃的探幽。也因此，它也是我们最彻底的凝神。因为，走神时的我们，才最接近于我们自己最内最内的那个内在。

多美啊，走神！只要不开车，就尽管走神吧。能走多远就走多远！而当走神成为令众人凝神的经典，那新的走神又开始了。

——走神。

Part 4

第四部分

春天的时候，她溜着院墙边撒了一些种子，不几天就出了两芽儿嫩嫩的翠苗儿，出了苗儿就一天一个样，像女孩子的身子一般，葱葱茏茏、苗苗条条地，就长起来了。

塔拉，塔拉
—— 致我呼伦贝尔的朋友

一

那天，将近21点的时候，飞机接近了地面。我一直看着窗外，月亮大大地挂在夜空上，毛茸茸地亮着。大地似乎是一片黑。仔细看，又不是全黑，能看出大片大片的灰白。我想象着自己把手放在那片灰白上，那一定是极度的寒凉——那是雪，我确认。后座上的两个人也在议论那些灰白是不是雪，最后他们都肯定地说不是雪。我听着，默默地笑。看来他们对呼伦贝尔的了解程度尚不如我。资料上说，呼伦贝尔一旦下了雪，这雪最起码会和人们待上半年才会走。雪意味着河流，意味着牧草，意味着灭菌……怎么能没有雪呢？对于呼伦贝尔而言，雪是另外一种意义的土地。

终于降落。我和老二去取行李。行李转盘旁边挤挤挨挨一堆人。没办法，这是个小机场，就一个转盘。站着站着，我已经不自觉地围严了围巾，又罩上了羽绒服的帽子。尽管如此，脚上的靴子也很快变得凉刷刷的，我开始觉得自己仿佛置身于一个巨大的冰箱中。这冷，果然是零下三十度的气势。

“喏，不错哎。”老二拿胳膊肘撞了撞我的腰。我转脸，一眼就看见了那个男人，他站在出站口，正拿着一张 B3 纸，上面粗粗拉拉地写着我们俩的名字。

“好像，跟网上的照片不太对。”我说。

“网上嘛，就是网上。一个大活人从网上下载下来，哪能不走点儿样？”

取过行李，我们直直地朝着那人走过去，他正看手机，一副漫不经心的样子。个子足有一米八，络腮胡子，短棉袄牛仔裤运动鞋，眉眼单看很平淡，可是凑到一起就有一种特别的味道。什么味道？一时间还说不出来。我和老二走到他身边的一瞬间，他才抬起头。

“嘿！”

“嘿。”

“你是马哥吧？”老二笑意盈盈地伸出手。

“不是。”他浮皮潦草地和老二握了握，“小马昨晚上喝多了，车翻到了沟里，人在医院，没法子接活儿，抓我的急差。”

老二收起了笑。我和老二相顾彼此，顿时凌乱。

“怎么也不打个电话说一声？”

“他电话摔坏了，还没顾上买。”

老二上下打量着他。我们沉默着。他把话又重复了一遍，道：“跟我走吧。”然后戴上墨镜，接过我们手里的行李，大步流星地走向门口。看起来事情就这样了，一点儿没得商量。

“嘿。”老二说。

我和老二是知己知彼臭味相投的闺密。都说闺密性情相近，在我们俩却不合例。她整天像上了发条一样活泼，手脚、嘴巴，包括头发丝儿都患了多动症，我是只闷葫芦，一般没话的。老二说她就喜欢我这样闷的，我闷了才能由着她活泼。她活泼过头儿的时候固然讨人嫌，不过一般情况下我也还挺喜欢她的活泼。她活泼的最突出的特点就是好奇心重。因为这份好奇心，我们俩吃过郑州市所有新开的餐馆，像私家侦探似的偷窥过“吸血鬼联盟”，网购过各种莫名其妙的东西……我平时就叫她老二——老是犯二。她呢，收敛的时候叫我“老大”，猖獗的时候叫我“小三”。

来呼伦贝尔过元旦佳节，自然是拜她所赐。她一直吹嘘在网上联系的导游小哥五官帅，喉结帅，大腿帅，人鱼线更帅……总之帅得没天理，似乎到了呼伦贝尔只看他本尊就值了飞机票钱。“再说，我也很久没有看到雪了。”她眨巴着一双近视的大眼睛。

这下可好。既看见了雪，也看见了雪脸。我看着老二苦巴巴的脸窃笑。

大冰箱的空气哇凉哇凉的，清新刺激。生活在全国人口第一大省的省会，整天呼吸着稠乎乎的雾霾，乍一享受起没有任何添加剂的单纯空气，强悍的肺还真有点儿小兴奋。看着窗外，老二毫无节制地赞美着目所能及的一切：白塔，冰雕，玛尼堆，经幡，以及茫茫雪原。兢兢业业地赞美了好一会儿，开车的人没有任何呼应，只是面无表情地开着车。

“您，贵姓？”坐在副驾驶上的老二终于开口问这件重要的事。

“叫我塔拉。”他说。

“塔拉，什么意思啊？”

“没意思。”

我和老二你看看我，我看看你。好吧，没意思。摊上了这么一个大爷，还有什么意思？

中间他接了一个电话：“还是很危险，你多操点儿心。就剩下这俩哥们儿了，一个都不许死，我要活的。”他阴沉着脸，“我明天过去。”

老二朝我吐了吐舌头。听这调调，简直是黑社会呀。

二

吃饭的地方是诺敏塔拉奶茶店。店不大，不过一看招牌就很有年头。塔拉显然对这里很熟，漫不经心地跟老板和服务员们打着招呼，一副宾至如归的架势。

“来朋友啦？”

“哦。”

内蒙古我曾来过两次。二〇〇五年第一次来，去的是锡林郭勒；二〇一一年第二次来，去的是科尔沁，无论是牛羊肉还是奶酒奶茶，我都很适应。不过也只是适应而已。而在这家奶茶店，适应已经变成了喜欢。我坐定，一气儿喝了六碗奶茶。这里的奶茶和我平素喝的迥然有异，既不那么滑柔浑腻，也不那么浓甜稠糯。如果说那些奶茶像是绸缎，那么这里的奶茶像是棉麻，微咸，稍涩，含着醇厚清新的谷物之香，既意外又合心。油果子也好吃。当然最好吃的还是牛羊肉。手把肉端上来，还没入口我就已经预感到了它的鲜嫩肥美。

“等等。”塔拉挡住我和老二的手，拿起小刀，找到最好的部位，切下三片，放在一边。然后再给我们切好，送到我们的盘子里。

“干吗呢不吃？”老二指着那三片肉。她是第一次来内蒙古。

“敬天敬地敬神灵。”我说。

塔拉赞许地点点头。唉，真是奇怪，他明明是个代理地陪导游，怎么就把自己弄得跟个领导似的？不过看他点头，我确实很开心。

经典的手把肉需要配经典调料，芝麻酱、韭菜花、腐乳都在其列。直接把白煮羊肉蘸着调料吃，鲜香的味道从每一丝肉里面透出来，舌尖上的味蕾都在跳舞，胃里的细胞也都在欢呼。

“你，这个不行。”塔拉从骨碟里把一根骨头挑出来，重新拿给老二，“肉要吃干净。”

“很干净了呀……还不干净？”老二嘟起嘴。我的眼睛瞄向塔拉的盘子，天啊，每一根骨头上连一点点肉丝都没有。再看着自己的骨碟，比老二的干净一点儿。有老二垫底，真好。

“我觉得挺干净了。”老二把骨头又放回骨碟。塔拉没再理她，继续埋头苦吃。

“诺敏塔拉，诺敏塔拉……对了，你叫塔拉？”我问。得调节气氛不是？

“对。”

老二看了看我，我瞪了她一眼，知道她想说什么。

“这店，你家的吧？”老二还是问了出来。

“朋友的。”塔拉说。

“那么，你朋友叫诺敏？”

回答她的是塔拉专注吃肉的声音。老二又意味深长地看了我一眼，眉梢眼角都是聪明自得：朋友的，合伙人？怪不得把我们拉到这里来。他会拿多少回扣？

“吃好了吗？”塔拉把刚刚啃好的骨头放进骨碟，朝门外喊，“来人，结账。把剩下的东西都打包。”

酒店是天骄宾馆。一看就是取自“成吉思汗，一代天骄”——自动抹杀了后面那句“只识弯弓射大雕”，都挺会自我欺骗的，呵呵。一个标间，网上预订六百块。

“钱交了没？”

“没。”

“真贵。”塔拉说。

“有便宜的？”

“当然有。”

“多便宜？”

“想要多便宜就有多便宜。”

老二看着我，我看着窗外。已经将近十一点了，人生地不熟的，这么黑的夜。

“贵点儿贵点儿吧，钱花到哪儿哪儿值。”老二说，“今天就这里了，明天再说换地方的事。”

“你们和小马当初定的是什么行程？抛头去尾，净时间就两天，跑不了多远。”

“行程……”老二开始掰着指头数，“逛俄罗斯商城，玩狗拉雪橇，冰雕、雪挂、树挂，西山公园……”她一边说着一边对塔拉察言观色，声音渐次低下来。

“就这些？要不要打雪仗、堆雪人什么的？”塔拉嘴角上扬，毫不掩饰的讥诮。

“对对对，还有一个天天那达慕！赛马，摔跤，射箭，喝马奶子酒！”

“天天都有的那达慕，”塔拉索性冷笑起来，“那能叫那达慕？”

“说是我们游客都能玩。”

“所以说，那还能叫那达慕？”

“那你说玩什么？你说。”被羞辱了多个回合，老二有点儿置气。

“先睡觉吧。不用起太早，明天十点左右我来接你们。这之前俄罗斯商城不开门。”他说，转身欲走，又停下，“八点多有个冬泳表演，在伊敏河。你们起得早的话就去看吧。”

一进房间就被热着了。温度计显示也是三十摄氏度，零上。从零下到零上，一道门就是六十摄氏度。身上顿时汗意涔涔，便迅速地脱衣服。啧啧，瞧这待遇，不是零上三十摄氏度，就是零下三十摄氏度，别无选择。

这很好。我喜欢。过山车也不过是这种玩法吧？

洗漱完毕，二人躺下。我还没说话，老二就一顿自我检讨，说这几天假去哪儿不好，来这冻死人不偿命的呼伦贝尔，本来想着导游很靠谱，现在看来都泡汤了。摊上了这位塔拉，话少得跟金子似的，脸板得也像零下三十摄氏度。

“其实，人家就是比较酷嘛，看着还挺好的。”我安慰她，“人家不是职业导游，虽然不甜言蜜语，肯定也不怎么会要滑头。”

“那明天怎么办？”

“听他的呗。反正咱们倒腾到他手里了，看他能把咱们怎么着。咱们不怕他。三个臭皮匠顶个诸葛亮……”看她瞪我，又改口，“何况咱们两个诸葛亮呢。”

三

第二天早上，老二七点起床，死拉活拽地叫醒我，洗漱完毕，吃过早餐，才刚刚八点。出门，打车，直奔伊敏河去看冬泳。

“不就是游泳吗？你这么大的劲儿。”

“这是零下三十摄氏度的冬泳好不好？你一辈子能见几次？”

好吧，我承认，我一辈子可能只见这一次。

太阳很好，但是没有丝毫暖意。凛冽清亮的光芒仿佛只是发挥着照明作用，功能仅限于一盏灯。——零下三十摄氏度冬泳，这在我以往的经验里简直不能想象。冰封的伊敏河宛如一条白龙延伸至远方，因为冬泳的缘故，一小段龙身被挖出一泓长方形的水面，河水像心脏一样裸露了出来。我走到近前，看着清澈的黑灰色河水。这就是冬泳的舞台。

很快，冬泳表演开始。男的，女的，胖的，瘦的，专业的，业余的，轮番秀着他们的技艺和胆略。但见他们在池边站定，随着口令扑入水中，一瞬间如蛟龙入海，击打得水花四溅，波浪汹涌。以迅雷不及掩耳之势游完后，他们上岸披上浴巾，英雄似的挥手致意，接受人们的欢呼喝彩。他们的身体被冻得紫红紫红，仿佛是正经受着酷刑，可是人人脸上又都笑容灿烂，仿佛正体验着极大的享受。这是我不能理解的境界，可我钦佩得不行，不由得想起网络上正流行的新词：不明觉厉——不明白，但是觉得很厉害。

看着他们的笑容，我和老二也非常欢乐。这样的情境下，不欢乐简直是不行的，因为所有的人都是那么欢乐。

“卖糕的，卖糕的！”老二突然大叫起来，拼命地朝着一个地方挥动双手，“卖糕的！”

发什么神经呢？我朝着她挥手的方向看去，卖糕的，原来是塔拉！他正披着浴巾，戴着泳帽，站在泳池旁，准备下水。听见老二的狂呼，他矜持地举起右手，回应了一下。

口令响起，塔拉扑进了水中。他游在第一个，游得非常快，力量也非常大，后面比他慢的那些人几乎都一直荡漾在他手脚击打出来的水花里。他只换了一次气，嘴巴张得非常大，像一头巨兽。

我和老二早就接应在了泳池的另一端，在他上岸的一瞬间，老二伸出手想拉他一把，被他不屑地闪到了一边。但这丝毫也没有影响我们的情绪。我们为他欢呼，鼓掌，轮流合影。老二把头上的红围巾掬成一朵花的形状奉献给他，他终于灿烂地笑起来。

等他穿戴齐整，我们在河面上散了一会儿步。塔拉说伊敏河一年里有半年时间都是结冰的。这真是宽容的河流啊，它居然能阔绰地拿出了六个月时间，放任人们小小的脚步亲吻着它的皮肤，一步一步地在它的怀抱里行走。

我们在上面慢慢地走着，不时会在河面上小小地坐一会儿，河面冰凉，可是我却觉得有隐隐的暖意渐渐升腾起来。

午饭过后，他载着我们去逛街，一路放着欢快的爵士乐，俨然心情大好。我们在一个又一个店铺里流连，试穿轻盈典雅的马皮靴子，欣赏华丽非凡的巨大犴角，抚摸柔软洁白的小羔羊皮……我想买两张羔羊皮，他拦住了："网上买，更便宜。这么远，你带来带去也不方便。"老二说想买两顶皮帽子，他也给拦住了，"你们那里暖和，一般用不着的，买回去也是放着。不过，你们没个帽子在这儿也不成。我家里还有两个，一会儿给你们找找。"

"你家的帽子……好看不？"老二问。

"怎么可能不好看。"塔拉说。

真是个傲娇的家伙。

白桦木做的俄罗斯套娃也很不错，可是我认为这个好，老二认为那个好。我犹豫不定地在两个套娃之间挑来选去，征求塔拉的意见，他说："两个都买呗。一个给别人看，一个给自己看！"

有几家店里摆放有让我惊艳的巨大犴角，都有着玉树琼枝一般的角叉。我每看见一个就流连半天。但价格也实在吓人，动辄十几万、几十万甚至上百万。

"这个，不贵的。"塔拉倒是见怪不怪，"能把角长成这样，犴容易吗？"

"你见过犴吗？"

“没那个福气。”塔拉说，“我爷爷见过。”

“你爷爷是猎人？”

“猎人只是他的身份之一。”

“他很厉害吧？”

“当然。”

从商城出来，沿街看了几个“走向未来”“草原母亲”之类的主题冰雕，我们兴味索然地拍了几张照片。

“雪挂和树挂还去看吗？”他和气地看着老二，“出了城，随便找一处林子都会有。别去西山公园买票了，再说公园里的栈道挺滑溜的，不好走。”

“雪挂树挂什么的，不看都成。早上在伊敏河那边看着也有……”老二撒娇地推搡了塔拉一把，“你应该知道什么好玩，都听你的好不？”

“晚上还住天骄吗？”

“不住了。你不是说有便宜的吗？”

“那跟我走吧。”塔拉说。

“对了，我还是想看那个天天那达慕……”老二话真多啊。

“明天带你们去看，不是天天那达慕，是正宗的冰雪那达慕。”

车向野外疾驰而去，很快，我们就置身于一望无际的银白世界。仔细辨析，白得并不那么单调，而是有着好几个层次：粗粗的灰线是道路，弯曲飘摇的白绸是河流，平展辽阔没有起伏的雪野是湖泊，大片深浅有致的氤氲团墨是森林……呼伦贝尔的冬季原野是一幅素净的大写意，这大写意让我沉默。就连喋喋不休的老二也安静了很长时间，直到一排蒙古包的出现。

“我们要去那里吗？太好了！”

塔拉微微一笑：“在那附近。”

蒙古包越来越近，道路上出现了一个大标牌“金牧场家园”，一望而知是旅游点。塔拉是带我们来这里住吗？不知怎么地，我有些失望。正失望着，塔拉一打方向盘，从家园大门外的那条路岔了出去，开上了一条小路。然后，我们视线里远远出现了两个深白色的点。点越来越大，是两个小小的蒙古包。路也越来越窄，雪也越来越厚，终于，塔拉停下了车。

“得自己走了。”他说，“今晚咱们就住那里。”

四

迎接我们的首先是一阵爆炸般的咆哮，然后是一群狗。狗是从金牧场家园的大门里蹿出来的，一直跟在我们车后。黑的白的花的，足有七八只。

“没事，别怕。”塔拉一边帮我们拎行李，一边站在那里，笃定地看着那群狗。在一二十米之外，那群狗只是在那里站着狂叫，没有一只过来。然后塔拉转身，领着我们走。我们一边跟着他走一边回头看着那些狗，那些狗一看我们在看它们，就又咆哮着跑过来，再然后塔拉停住，和那群狗对视，那群狗又站住……我们前进的节奏就是这么复行复止，迤逦有致。

“你真威风。”老二无限崇拜。

“就那群狗？没一只有劲儿的。”塔拉说。

那群被差评的狗终于放弃了对我们的追逐。塔拉开始大踏步地走，每走一步雪地就会很响亮地嘎吱一下。我们两个也能走出嘎吱声，可加起来也没他的响亮——我从没有听过这么大动静的雪步声。当然，也是因为这里太安静，什么声音在这里都会被夸张放大吧。不远处就是一片平坦的雪野，应该是一个大湖。

狗叫声又喧闹起来，比刚才更热烈。我这才注意到两个小蒙古包后面还有几排低一点儿的房子，难道也有很多狗？有个人拎着一只桶，正在往桶里装雪。另有两只狗摇头摆尾地迎向塔拉，塔拉摸了摸它们的脊背，和它们打了个招呼。

狗声鼎沸。

“这是咱们的狗在欢迎咱们。”塔拉说。

呵，是咱们的狗啊。我顿时觉得狗叫的声音是这么欣欣向荣，生机勃勃。

他说这是他的蒙古犬营地，那排低房子果然就是狗舍。营地远看着很小，走近才发现其实也不小。觉得小只是因为这里的天地太大。营地建好才三个月，刚通上了电，还没有通上水，吃饭饮食的水得到海拉尔去拉，所以平时洗脸什么的就用雪水融化。

“养狗卖狗也是一门不错的生意吧？”老二问题又开始了，“很赚钱吧？”

塔拉没答。他到了营地就开始忙活起来，第一件事就是到了一间狗舍里，抱起了两只狗崽：“前天晚上刚产下的，早产，没想到。我那天半夜里忽然有点儿心慌，总觉得哪儿不对劲儿，就跑去狗舍里看，才发现。一共生了九只，冻死了七只，只剩下两只还有体温。我放到怀里焐到昨天下午，一直到去接你们才放下它们。还好，总算活过来了。”

两只狗崽卧在他的手掌里，因他手掌的大而显得格外娇小。说这些话的时候，塔拉在狗舍里面，我们在狗舍外面，中间隔着密密的铁栅栏，双方像是在探监。

“母狗特别护崽。谁敢动它的小狗，它就跟谁拼命。可是，我可以。”他自豪地看着两只小狗崽，“只有我可以。”

然后他进到每一间狗舍里看望每一只狗，和每一只狗说话：“你怎么样？”“还好吧？”“不错啊，长个儿了。”“你这脾气得改改……”

然后他又开始遛狗，遛了好几只他比较得意的，其中有一只蒙古细犬，跑起来轻盈飘逸，非常帅气。还有一只草地犬，长得威风凛凛，像一只藏獒。

“要不要合影？”塔拉建议的热情劲儿像个孩子，让人不能拒绝。于是我们依次和狗们合影，合影的时候，塔拉体贴地安抚着它们：“伙计们，忍忍。我知道你们不喜欢这个，可是她们大老远地跑来了，也不容易。你们受点儿委屈，乖点儿……”

两个包，我和老二住一个，他和查干住一个。查干就是那个装雪的人，塔拉说是他的朋友，他请他过来帮忙的。他平时得在海拉尔住，全靠查干在这里盯着。

“免费的？”老二问。

“当然不免费。”

“那就不叫帮忙，发薪了都。”

“那也叫帮忙。”塔拉说，“给你发薪你来不来？干不干？”

晚饭吃的是简易火锅，其实也就是炖菜。电磁炉里面滚着一锅羊肉汤，随便往里面放着青菜、蘑菇、粉丝、挂面什么的，吃着热乎就行——这里，实在是太冷了。他和查干喝着白酒，话就多了起来。

他说他童年的时候就是两只蒙古牧羊犬陪着长大的。有一次，蒙古包失火，他在蒙古包里酣睡，有一只牧羊犬挣脱了锁链把他从火海里救了出来，当时他就在心里发过誓愿，长大后要做回报。他说蒙古犬的品种因为牧人不再游牧，总是在一个地方配种，基因就越来越退化。他现在经常在呼伦贝尔大地上晃荡，搜罗好的蒙古犬品种，让它们交配。交配出来的小犬，他到处免费送给牧民。他说他不要钱，只要他们好好对待狗就行。眼下他的营地已经养了五十多只狗，给狗买肉的时候都成吨成吨地买。

“那得吃多少肉，花多少钱啊。”我们啧啧连声。

“有钱了就买呗，没钱了就赚呗。”他说，“十年，我做十年就收兵。他们都笑我，说我傻，做这么不赚钱的事。我管他们呢。”他不好意思地挠挠头，“我以后会赚钱的，赚大钱。”

“你现在花的这些钱，都是什么时候赚的？”

塔拉说他大学毕业后就开始做皮毛生意——他读的是呼伦贝尔大学，他说他从没有太长久地离开过呼伦贝尔——做了几年之后又改行做超市，做餐馆，也做过一段时间的旅行社，都挣过一些钱。做旅行社时间最短，“和形形色色的内地人打交道，挺烦人的。”

我和老二一起翻白眼表示不满，他笑起来。

“所有的动物里，你是不是觉得狗是最理想的朋友？”老二问。

“什么朋友？真文艺。”他撇撇嘴角，“你永远记着，狗就是狗。狗和人之间不可能有真正的友谊。你要做的，就是对它好，驯服它，让它知道，你就是它的主人，好主人。”

然后他说起他的爷爷。他爷爷十五岁就开始买马养马驯马，走遍了呼伦贝尔草原，是一名出色的大马倌。他给东北督军当过马管家，日军占领呼伦贝尔的时候，他为了抗拒给日军的马队服务，戴着手铐从火车上跳下来，摔得双腿骨折，养了两年才养好。他还被苏联红军请去养过马。每次爷爷去看他，都会给他带各种各样的吃食：狍子肉，奶皮子，榛鸡，沙半鸡，山丁子果，蓝莓酱……他少年时候就开始跟着爷爷游荡：从一百多里外把三百多匹马赶到莫日格勒河边的夏营地；和爷爷一起把一张一张的桦树皮钉成一条船；在篝火上烤弯了潮湿的松木，然后弯成圆圆的大车轱辘。

“纯手工？”

“对。”

“那你很小就会骑马了吧？”

“当然。我六岁就会骑马，第一匹马叫大青子。”他看着老二，“别再问我马是不是我最好的朋友之类，我告诉你，驯马的第一步就是用套马杆把马放倒，然后用膝盖和双手紧紧地抵住马耳朵下面的大动脉，勒紧它，能勒多紧就勒多紧。要让马觉得窒息和疼痛，让它知道，忤逆的后果很恐怖。第二步就是那个词，策马飞驰。让它跑得快，能多快就多快，不听话就打……感情啊，默契啊，以后再说。”

他还两次跟着爷爷过山——就是过大兴安岭，到东坡密林的林场去打猎。他说爷爷的气味就是森林的气味，有花香、果香、蘑菇香、阳光香，还有落叶腐殖土的腥香。

“犴呢？你爷爷不是见过犴吗？”

塔拉说爷爷何止见过，还曾经救过犴。一次狩猎的时候，他看到一头小犴把蹄子陷进了树洞里，卡住了。他把它救了出来，放它走掉了。后来他再从那段路走过，就会经常碰到那头越来越大的犴。它已经记住了爷爷的气味，会陪着爷爷走一段。还有一次，爷爷碰到了几个猎人正在围剿一头大犴，那头大犴身上已经插满了猎刀，痛苦不堪。爷爷把犴头抱在怀里，掏出自己的酒壶，把六十度的老白干慢慢灌进了大犴的耳朵，让大犴在迷醉中睡去……

“爷爷，他高寿？”

“要是在的话，今年九十岁了。他去世已经二十年了，埋在海拉尔河的右岸。那儿地势高，海拉尔河是从大兴安岭流出来的……”塔拉眼睛里闪烁着泪光，“打墓的时候我们把那个地方的草皮掀起来一块，事后又原样把草皮安放好。头七那天，我和爸爸、伯伯们去看，那草还是绿茵茵的……真叫人放心。”

我和老二也都泪水盈盈。查干看了看我们，微笑着走了出去。

“现在的呼伦贝尔，多少年都见不到犴了。”塔拉长长地叹了口气，走到包外。我也跟了出去。我突然觉得塔拉有点儿像爷爷，而我有点儿像那头犴，已经记住了他的气味，并且不自觉地跟随着他。

老二也走出来。我们三个人就静静地站在那里，听着查干在狗舍里忙活。“到湖边走走，行吗？”老二说。嘎吱嘎吱地踩着积雪，我们走向湖边。深夜中的湖仍然是炫目的白。这是白的世界。白，且安静。白总是和安静联系在一起的，很难想象闹闹哄哄的白。我们站在湖面上，仿佛来到了史前。我忽然想，如果我不走，如果老二也不走，我们和塔拉还有查干就这么生活在一起，不，不恋爱，也不结婚，就这么生活在一起，那会是什么情形？

“这里，什么生命也没有，真寂寞。”老二说。

塔拉轻轻地笑了一声。唉，老二一思考，塔拉就发笑。

“是寂寞，是吧？”老二很不自信地征询着塔拉的意见，调转着话语的方向，“你不觉得寂寞吗？除了冰雪，这里什么都没有啊。——哦，我忘了，湖下面有鱼。有鱼吧？”

塔拉说到了一定时候，渔民就会来凿冰打鱼。他跟着打过好几次。一网就是几千斤上万斤的鱼，打上来了鱼，就把合乎尺寸的大鱼收起来，把不合尺寸的小鱼放生回湖里。

塔拉说他还在山林里的冰层下面过过夜。那天他去山里打猎——很久没吃狍子肉了。他带了一只不到一岁的蒙古牧羊犬，他叫它阿洋，阿洋身坯子已经长成，可还是缺乏经验，他正想带它去历练历练。不知不觉地，他和阿洋走了很远。快天黑的时候，他想抄近路回去，却迷了路。想沿着来时的脚印走，天又下起了大雪。这时候，他们就只能夜宿山林。忽然前面出现了一片湖。他正在湖面行走，却脚底一空，落到了湖面的冰层之下。那个晚上，他在冰层下的湖底，用打火机点燃了一堆篝火，烤了一点儿狍子肉，就那么过了一夜。

“在冰层下点火？冰不会化？”

塔拉说呼伦贝尔冬天的原野，火永远是不够的。湖底离湖面一丈多高，火焰还没烧到冰面就蔫了。

“不害怕吗？”

他笑着说很安静，能听到任何声响，甚至雪落的声音都听得见。他说他还在湖底散了一会儿步，碰到了一群花尾榛鸡。它们的眼睛在晚上看起来绿莹莹的，很像狼呢。

五

第二天的天气更暖和，才零下二十度。冰雪那达慕的会场是在陈巴尔虎旗的茫茫雪原上。离营地不远，不过一个小时的车程。路上车很多，也不时有骑马的人，三三两两。他们不走公路，走的是路旁的雪地。冰天雪地里，人骑着马慢慢悠悠地走着，虽然在车里坐着，我却忽然觉得自己也是那骑马的人。

场地上彩带飘飘，彩旗招展，在雪原上映得格外鲜艳，但最出彩的还是人们的衣服，一到那里我就被他们的衣服迷住了。几乎所有人都穿着民族特色的袍子。男人的袍子都过了膝盖，雪白的毛边既气派又温暖。腰带松松地扎在小腹上方，把他们的肚子都显得大大的，可是男人的大肚子再没有比这时候更显得威猛壮实。女人们呢？因为袍子的厚，都显得笨笨的，胖胖的，却也是娇娇憨憨的。她们的颜色真是丰富：宝蓝，胭脂，玫红，姜黄，月白……前襟后背都起着各色团纹，领口袖口都绣着云头花边。她们在一起说笑着，每个人嘴里都吐着缥缈如仙的白气。无论男女，每个人都戴着漂亮的皮帽。拜塔拉所赐，我们也有，也很漂亮，不仅轻暖，两顶皮帽上还都垂有别致的流苏。

那达慕还得一会儿才能开始，我们就到处闲逛拍照。走了一会儿，老二说渴了，塔拉说那就去喝奶茶吧，说着就推开了一个蒙古包的门。我们一边嘀咕着“这成吗，随便进别人的家”，一边也跟着走进去。包里已经有了人，一个男人看见塔拉就热情地迎上来，说长道短，间或用蒙语。听着听着我和老二大致明白了，这人得到过塔拉赠送的牧羊犬。那只牧羊犬十分忠勇。

“塔拉，有一句话送给你，”老二坏笑，“两年前看人敬狗，两年后看狗敬人。”

塔拉笑笑，安排我们坐下吃零食，喝奶茶。他和那个男人聊天。包里很暖和，因为生着火。渐渐地，来包里串门的人越来越多，不时会有人认出塔拉，和他亲切地打着招呼，绝大多数都是因为他曾经送过人家狗。其中有一个语调很是时尚花哨的男人离开后，老二问塔拉，说这人不像牧民，是干吗的？塔拉说这人是卖狗的，他和他在海拉尔的狗市上相识。

“他总是讹我。有时候我路过狗市，他看见我就会说，你要不要这只狗？不要我就卖给狗肉店了。我呢，就会买下来。”

“你傻呀！”老二急了。

“没办法。那种情况碰不到就算了，要是碰到了我就没法走开。我要是不买那只狗，就会觉得好像是我自己把狗送到狗肉店里似的。”塔拉很为难地苦着一张脸，“所以他们都觉得我傻。我也觉得自己傻。”

我们笑。那一瞬间，我真想摸摸他的脸啊。

过了一会儿，喇叭里宣布那达慕仪式即将开始。我们奔跑出来。其实最重要的程序就是一项：一个健朗的老人走到舞台中央，用蒙语做了长长的祈祷。他的声音坚实，悠长，苍劲，最后，他朝着天空高声喊道："呼赉！呼赉！"

"塔拉，这是什么意思？胡来，胡来，"老二嘟囔，"胡来吧，胡来……"

塔拉瞪了她一眼，说是祝福的意思，和我预想的一样。虽然我一点儿也听不懂蒙语，可是一种本能的直觉领着我奔向了这个答案：必须是祝福，只能是祝福啊。

那达慕正式开始。远远地看见一排排骏马上旗帜飘飘，整装待发。两排人流左右站立，很自然地形成了一条宽阔的道路，夹道欢迎着即将登台的主角们。终于，他们来了：陈巴尔虎旗，新巴尔虎左旗，鄂温克旗；鄂温克族，俄罗斯族，鄂伦春族，达斡尔族……鄂温克尤其特别，他们戴着鹿皮帽子，帽顶上还装饰了俏皮的鹿角，他们的长袍短褂也都是用鹿皮做的，闪烁着灵动的驯鹿斑点……除了俄罗斯族因为载歌载舞而显得格外活泼，其他代表本民族出场的人们的神情都是庄重又淳朴，骄傲且天真。在一排骆驼队上，我甚至看到了雍容沉着的王者之风。我向他投以折服的注目礼——对了，骆驼，我以前见过骆驼很多次，都是在夏天，那些骆驼因为掉毛而斑驳寒酸，丑陋不堪。而这呼伦贝尔冬天的骆驼，却长绒飘飘，气质华贵，让我刮目。

终于趁着了一个机会，我借穿了一下别人的蒙古袍。第一次穿蒙古袍是在锡林郭勒，在一个牧民家。我本来就胖，穿上一层层裹着腰肢的袍子就更显得虎背熊腰，非常难看。可是我还是拍了很多照片。这次是第二次穿了，皮袍子很沉，但是我却觉得它沉得是那么踏实。我深深地嗅着衣服上的气息：牛羊肉的腥气，雪的清气，汗的浊气，油的腻气……这气息并不芬芳，而是那么厚实。袍子是靛蓝色的，衣襟、袖口和领口都镶着金和赤两道细边，尖尖的帽顶上垂着鲜红的丝绦……在这天地间，穿着这样的袍子，就觉得没有比这更合适的衣裙了：可以骑马，可以端坐，可以卧雪，所有的风雨都在这袍子之外。长生天下，绿野地上，这袍子就是一座移动的蒙古包，让人随时都能够幕天席地，在任何一个地方安详。

这沉重的、庄重的、贵重的衣服啊。它必须是重的。

塔拉说这袍子是蒙古族里的布里亚特风格，我这个样子也很像是布里亚特人，还顺便给我们讲了布里亚特人背诵祖先的故事。因为长期的游牧生活注定了他们居无定所，来去随意，总是在迁徙和流转中，又没有文字，所以想要记录和镌刻祖先的历史是很困难的事。布里亚特人便有了这样一种传统：背祖先。所有的孩子从会说话起便要开始学着背家族的宗谱，背所有祖先的姓名，于是，几代、十几代、几十代，甚或上百代的家史便从他们的孩提时代就开始了顽强地回溯。而因了这门雷打不动的功课，布里亚特人走到世界的任何角落便都可以清晰相认，并在庞大的族谱中畅通无阻地找到自己的支系……

我隆重地拍了很多张照片。能够像布里亚特人，我觉得非常荣幸。

那天的午饭是半下午吃的，在一个镇上吃的火锅。一个很普通的小店，火锅却太超凡了。我从没有吃过那么好吃的牛羊肉火锅。吃着这样的火锅，我承认，我曾经吃的火锅都不像是火锅。我和老二都大口大口地吃着。当然能吃和会吃是两码事。最会吃的还是塔拉，他熟稔地使用着小刀，灵巧地为我们剔肉——他居然随身带有小刀，能把每一片肉都片出肥瘦相间的美丽形状，最后甚至把骨头缝里深藏着的最犄角旮旯的肉也都剔了出来，把它们吃得干干净净，只剩下纯净的骨头，绝不浪费一丁点儿。

“好吃，好吃！只为了这么好吃的肉，我也不愿意离开呼伦贝尔。”他一边吃一边赞不绝口地抒情，充满了欢喜和珍爱，似乎是第一次吃这里的肉，“你们看，这种脂肪的成色，多好。这种口感吃起来像糖饴一样……要是觉得有点儿腻，就来一条卜留克，”他说着把那种俄式咸菜放进了嘴里，“口感马上就会得到最佳的平衡。”

“塔拉，有个问题，我一直也想不太明白。”老二说，“你们很爱你们的牛羊是吧？你们养牛羊的时候，就像养孩子一样，是吧？那么到宰杀牛羊的时候，心里可怎么过那个坎儿呢？更不用说吃的时候……”

“你们是河南来的，是吧？”

“哦。”

“你们那里种的是麦子吧？”

“哦。”

“你们俩有从农村来的吗？”

“我是。”我说。心想这话岔得真够远的。

“你们家种麦子种玉米的时候也很爱你们的这些庄稼吧？到收割的时候，心里可怎么过那个坎儿呢？”他戏谑地看着我，“都是一样的道理。养的时候好好养，收的时候好好收。”

他说在草原上，一个牧人能证明自己是好把式的时刻之一就是：

在宰杀牛羊的时候，看能否让牛羊们以最小的折磨得到最高度的收获。最好的牧人，连牛羊们的一滴血都不会浪费，都能做成绝妙的美味。当然，吃的时候更要好好吃。他们小时候都被教育过，谁吃肉吃得越干净，谁将来就越可能有美满姻缘：女孩子有如意郎君，男孩子有如花美眷。长大了他们才知道这是一种委婉的引导和教育，目的就是让他们懂得珍惜。

“我生不为挨饿，你生不为受罪。”他说，“草原上宰杀牲畜的时候，都要说这么一句。我觉得这真是大明白话。”

吃完了肉，我们去洗手，他却把手上的油直接抹到手背上，说这样护肤。等上了车，他突然在手掌里摊出几块骨头递给我们：“嘎拉哈。羊膝盖上的骨头，你们看看，像不像玉一样？”他捏着一块，对着阳光照了照，“女孩子吃到嘎拉哈就要珍藏起来，这是女孩子们的专属玩具。将来出嫁之后，如果想家，只要摸一会儿从娘家带来的嘎拉哈，心里就会好受得多。狼的嘎拉哈更好，还可以消灾辟邪。可是现在很难找了。”

“今天晚上，咱们住哪儿？”

“海拉尔，”塔拉发动起了车子，“我家。”

六

他住在原野公寓，十六楼，两居室。既简陋也丰富。简陋是装修，只有最简单的刷白和地板砖。丰富是里面的东西多，几乎就是一个小型的森林动物博物馆：沙发上铺的是狼皮，墙上挂的是熊皮和鹿皮，床上铺的是羊皮。一排博古架上面琳琅满目：马鞍，刀鞘，羊角，鹿角……他说这都是那些来向他讨要狗的牧民送的。他顺手从架子上拿下两只雕有马头的精致木板送给了我们，说是给马刮汗用的，叫“刮马汗板”。

我和老二在一件东西前赞叹了许久。这是一根牛的肩胛骨，上面雕刻着一只马头，抽象与具象并存，当代与传统皆备，极其精妙。

“这个男孩是鄂温克族的，从小在山里长大，没有上过学，但是天生就会做这种东西，是这个行当的天才。我一直打算给他找个出路，让哪家民族特色店能把他做的东西都买下来，这样他的生计就不成问题了。”

我们还看了他电脑里的许多照片。有一张照片里，他在捡塑料袋，旁边是一头驯鹿。他说塑料袋不仅不环保，更严重的是会伤害动物们的健康。其中装榨菜的硬锡纸袋对驯鹿而言最为致命，因为驯鹿嗜盐，舔到这种锡纸袋往往就会整个儿吞下去，这些东西会在驯鹿的胃管里纠结成不能消化的一团，驯鹿会因此而死去。还有一张照片，他在给驯鹿喂矿泉水。他说驯鹿挑剔着呢，只喝矿泉水。还有很多照片都是他送出去的小狗，每只小狗颈上都系着哈达。其中还有一张是他在给刚出生的小狗做人工呼吸。

“这是谁？”老二盯着一张照片。照片上塔拉和一个非常年轻的女孩子头挨着头，亲密得很。塔拉笑笑，说这是他资助上学的一个女孩子，从她初中开始资助，去年她已经上了大学，暑假的时候来看过他。“很好看是吧？好看就容易有麻烦。我告诉了她一些基本常识，女孩子不能回家太晚，不要和男孩子在一起过夜，等等。她多天真，还说过夜也没关系，只要不发生性关系。我吵她，说那怎么可能？我是男的我知道。”

我和老二失笑。塔拉说这话的时候俨然一个家长，可是自己都没老婆呢。

“我还以为她是……”

“别瞎说。人家才二十，我都三十多了。纯粹公益。”

“你，不会是……什么吧？”

“我性取向很正常，”他不悦地看着老二，“我有妞。就是没结婚而已。”

“为什么不结呢？”

“为什么要问这个问题呢？”

“好像不小了，该结了嘛。”

“我就是觉得不到结的时候，不急。”

“你的妞，女朋友，理解你做的这些吗？养狗什么的。”我开始好奇那个女孩子。他养狗，他资助学生，他整天东跑西颠。公益是公益，高尚是高尚，可是换了哪个女人跟这种主儿过日子，都得有点儿宽容大度的情怀才可以吧。

“什么理解不理解的，不要那么文艺。那很可笑。”他淡淡地说，“只要她听我的话，服从就可以了。”

我和老二面面相觑。又一个出乎意料的答案。

那个夜晚。呵，那个夜晚还有什么呢？对了，我们吃到了以毒攻毒的冷饮和冻果：雪糕，冻梨，冻柿子。我们在零上三十度的房间里吃着这些冷食，听任它们在齿间一点点香甜松软……似乎生之美好，全在它们的给予。我们吃得热火朝天，最后只穿着薄薄的打底衫。

我们还喝了很久的茶。红茶。塔拉说他习惯喝红茶，因为他喜欢吃肉，红茶可以有效地去腻助消化。他指着阳台："一只羊，我和罗杰吃不了一个星期。"

哦，是了，还有罗杰，罗杰是只狗，在它是个婴儿狗时塔拉就开始养它，现在它已经十四岁，是只老狗了。"年老色衰。"塔拉说它。每过一会儿他就给罗杰吃一团卫生纸，说是让它糙糙肠子。罗杰患有青光眼，塔拉不时地喂它吃块熟肉，自己也吃着那块肉："我和它吃的都是一样的。"

罗杰在他身边挤挨着，磨蹭着，用各种体位和姿势。他忙不迭地赶着它，说："哥，哥，可以了，你可以了。"罗杰又爬到我脚边，用爪子搭着我的脚，摩挲来摩挲去，我一点儿不懂狗，不知道这是什么状况。塔拉看着罗杰的样子，无奈地笑道："唉，哥你老了，就别装幼犬来撒娇了，行吗？"

塔拉还给我们演奏了金属制的双片口弦琴。他把琴放在两唇之间，用手轻轻地牵动着口弦尾端的小绳，在寂静的夜里，这小巧玲珑的乐器发出了一种很特别的金属乐声。音色低沉，泛音清晰，如吟似歌，余韵铮铮。

还有歌。他给我们放了很多歌。《呼伦贝尔大草原》《雕花的马鞍》《父亲的草原母亲的河》《让我们回去吧》《这片草原》……还有《呼伦贝尔的冬天》。一方水土养一方人，也养一方歌。我从不知道还有这样的歌："阳光穿过银色白桦林，一次次出现在我的梦乡，就这样过了很多年，我还走在回家的路上。呼伦贝尔的冬天，我还记得你的模样……这里的人们爱上这里，哪怕只有四野茫茫……”

“这里的人们爱上这里，哪怕只有四野茫茫。”我说这两句词真是好，他点头表示深度同意。我忽然发现，他虽然很排斥我们的腔调文艺，但他自己也实在够文艺。他自己这么文艺，为什么还排斥我们文艺？想了想，也许是这样吧：我们的文艺比较装，都浮在面子上。他的文艺就流动在他的血液中，都刻在骨子里。

好吧，我们是小文艺，他是大文艺。

零零星星地，毫无逻辑地，我们还说了许多东一榔头西一棒槌的闲话，他历数他的狗都送到了什么地方，他说他的妈妈身体不大好；他说牧人们都很辛苦，很多人都患有严重的风湿；他说羊毛其实不是白的，要处理过很多遍才能变得雪白；他说夏天的草原有无数蚊虫，如果站着不动，很快就会一身红肿，要是被草爬子咬一口甚至是致命的……我和老二也絮絮叨叨地说家里的事，说公司的事，说我们各自的爱情……我问他是否做过坏事，他很认真地想了想：“我比以前坏了。”

“怎么坏呢？”

他又很认真地想了想：“也没怎么坏。”

再很认真地想一想：“我这么忙，哪有时间坏啊。”

然后，然后就到了睡觉时刻。他和罗杰睡一间，分配我和老二睡另一间。

“得了，我们还不如罗杰呢。”老二说。

我们都笑起来。这是我们和塔拉所开的唯一的低端玩笑。

塔拉也笑了。有点儿羞涩。

上午十点的飞机。我们七点半起床，扒拉了一下脸就收拾行李，八点钟，塔拉带着我们赶到了诺敏塔拉店吃早餐。

“再喝点儿这里的奶茶吧，回去以后想也没用。”他说。

“你第一天拉我们到这里的时候，我还以为你……”

“会吃回扣，是吧？”塔拉笑，“我知道你们怎么想的。切。”

九点钟到了机场。拿到登机牌，塔拉和我们一一拥抱：“丫头们，有时间再来啊。”

在他的怀抱里，我很想哭。当然，不能哭。这哭得可算是什么呢？

“再见。”我说。

“嗯。”他回应。

“对了对了，还没结账呢。”老二惊叫起来，捅了捅我，“快，快算算。”

“得了，别废话。”塔拉不容置疑。

“小马那边……我们是客户呀。”

“在他是客户，在我是朋友。”他说着朝我们挥了挥手，转身离去。

“唉。”看着他的背影，老二长长地叹了口气，“瞧这个大男人。”

是啊，这个大男人。

飞机起飞后，我一直俯视着呼伦贝尔大地。我突然觉得：我是呼伦贝尔的孩子。而在这之前，尽管来过内蒙古两次，尽管吃过很多次牛羊肉，也住过好几次蒙古包，更搔首弄姿地在鲜花盛开的夏日草原上拍过许多美照，可我也仅仅觉得自己和这片土地的缘分只是游人和过客。——当然是因为塔拉，因为他，我才觉得我和呼伦贝尔有了关系，和呼伦贝尔的长生天、大草原、兴安岭都有了关系，和额尔古纳河莫日格勒河都有了关系，和这里的风霜，沧桑，顽强，脆弱，纯净，质朴等等统统都有了关系……好吧，文艺腔又开始泛滥。打住。

回到河南，重返日常。柴米油盐蝇营狗苟中，我一直想和塔拉联系，却一直没有联系。一想起他，想起他霸道威猛也纯真洁净的样子，想起他对我们既厚道又鄙视、既友爱又轻蔑的神情，我就不知道该说什么。

那就沉默吧。像呼伦贝尔冬天的原野一样。

我只是经常去看他的博客——感谢互联网能如此清晰地把他送到我的眼前。博客上他贴的都是营地上狗的照片以及一些最简短的说明。

“开始失去它们了，但这正是建立这个营地的目的。”——在送别小狗们。

“草原上的朋友来取小狗，留念。”——和因狗联谊的牧民们合影。

“这是这些狗崽中最结实漂亮的一只小雌犬，会去陈巴尔虎旗的谢尔塔拉。”——被明确预订的小狗。

他最近发的一张图是一片湛蓝的天空，上面映着两只小小的燕影：“五月三日，在去营地的路上第一次看到今年的燕了。”

透骨草

一

好像是自打有女孩子以来，在这乡村里，染指甲就成了她们的必修课。课上了一代又一代，染法倒没什么大变。先把开饱的花儿摘了，在太阳下晒晒，去去水，然后放到碗里，加上点儿白矾，用蒜槌子捣碎了，一直碎成花泥，这就成了染料。至于包指甲的叶子，都说还是用指甲花的叶子最好，原叶配原花，染出的指甲最是漂亮，可是用它来包的人却少之又少。

因用它包需要两样铁板钉钉的功夫：一是包的功夫。它的叶子只比柳叶大一圈，用来包指甲显得过于窄，容易让花泥跑出来，滴滴答答地漫延一手。二是睡觉的功夫。即使好不容易用这叶子包好了指甲，睡觉时要是不老实，胡抓乱挠的，半夜里也很容易脱落，末了还是万里江山一片红。因此，若是这两样功夫都平常的女孩子，是绝不敢用这叶子包的，通常用的都是豆角叶。豆角叶是圆圆的桃子形，叶面阔大厚实，韧性好，包起来最是趁手合适。包的时候，只需将花泥在指甲上按瓷实，然后将两张豆角叶交错叠放在指肚下面，自下而上，将指甲轻轻包裹起来，再将指尖外多出的那点儿豆叶尖儿朝里折下，最后用白棉线不松不紧地缠好，就算停当了。第二天早上，解开白棉线，摘下绿叶套，那鲜红的指甲出现在指端，如同变了一个小小的绚丽的魔术。

又一年夏天来临。村子里大大小小的女人们都开始染指甲了。她只有看的份儿。她东家钻，西家跑，北街逛，南街瞧，去得最多的，是错对门的五娘家。她和五娘的女儿小芳一般大，从不会说话的时候就认识，上了学又是同桌，老交情了。

吃过晚饭，写过作业，她就跑到了小芳家，来看五娘染指甲。五娘这时候也已经刷完锅，洗过碗，将灶台收拾干净，也给小芳、自己和婆婆都冲了凉，洗了澡。手边再没有什么杂务，给婆婆和女儿染指甲就成了五娘睡前的最后一件事。五娘一边染着，她一边问，口里的话滔滔不绝。

“五娘，为什么不用布包？布不是更软和？”

“布吸花汁儿，不中用的。”

“五娘，这线是不是太松了？”

“太紧了不中用。血不顺畅，明儿指头就肿起来了。”

“五娘，半夜里想挠痒痒了怎么办？”

“那花泥要是跑了呢？指甲不就染不红了？”

“那就明个儿接着染呗。”

“五娘，怎么不染食指？”

“染食指嫁得远。”

“谁说的？”

“老辈人说的。”

“怎么不染中指？”

“染中指找不到好人家。”

“也是老辈人说的？”

“嗯。”

“为什么脚趾就不论这个？”

“哪有那么多为什么。”五娘笑了，“真是话怕挖根，事怕掘蔓。不过是人们嘴里闲了，拿花说个玩意儿话解闷，哪能这么当真啊。都这么当真起来，可还了得呢。”

她家的女人不许染指甲。从她记事时候起就是这规矩。奶奶，妈妈，婶娘，伯母，堂姐，堂妹……统统都是一双素手。

“为什么？”她曾经问妈妈。

“你奶奶不让。”

“奶奶为什么不让？”

“你问她去。”

她眨巴眨巴眼睛，看看天。她不敢去问奶奶。

奶奶瘦弱，白净。头发在脑后梳成了一个光光的圆髻，用一个黑色的网罩网住，周周正正。夏天穿着的确良斜襟衫，春秋天穿着斜纹布夹衣，冬天是盘扣对襟棉袄。每天早上都要漱口，吃茶。茶渣子倒在屋角的大缸里，说是存放到一定时日，就成了性寒的药，可以治烫伤。有一次，她的手背被开水烫了个大泡，抹上去，泡果然立刻就小了。连五娘都说，奶奶话虽然不多，却是个很有见识的女人呢。

奶奶的见识自然是有些缘由的。奶奶的娘家离这村两里地，听那里的老辈人说，奶奶的母亲是那村里最早的党员。奶奶自小跟着母亲多听多见，也革命得早。小小年纪就加入了儿童团，送过鸡毛信，进过抗日剧社，还曾经和母亲一起坐过日本宪兵队的大牢，受了不少折磨。后来母亲死在了牢里，奶奶九死一生逃了一命。后来，她成了村里第一任妇女主任，当了几十年的村干部。

风风雨雨了这么多年，奶奶是个了不起的奶奶，她知道。可她就是不明白，为什么她就不染指甲呢？不仅自己不染，还不让她们染？

不过，让她稍感安慰的是，虽不许染，种却还是让种的。春天的时候，她溜着院墙边撒了一些种子，不几天就出了两芽儿嫩嫩的翠苗儿，出了苗儿就一天一个样，像女孩子的身子一般，葱葱茏茏、苗苗条条地，就长起来了。初夏，开花了。白的，粉的，黄的，紫的，大红的……这些花儿扬着笑脸，绰绰约约地晃着身子，妖妖娆娆地舞着胳膊，真是好看。然而她越看越不甘心。指甲花，指甲花，这花不开到自己的指甲上，不就白认了她一场吗？

无论如何，她决定要让自己的指甲上也开一次花。一次，一次就行。

二

那天，她跟妈妈打了个招呼，说去五娘家和小芳一起做作业，晚上就在那里睡，不回来了。一进五娘家的院子，她就看见东厢房的窗台子上放着一个小小的白瓷碗，碗上盖着一叠鲜碧鲜碧的豆角叶。她知道，这一年的头茬指甲花又开了。她正赶上今年的头染。——都说头茬的花染出来的指甲颜色最纯正，像母亲怀的头胎孩子最聪明漂亮。她掀开豆角叶看了一眼，可真不少，小半碗呢。

“染不染？”五娘知道她家的规矩，故意逗她。

“染。”她绷了绷嘴角。

“不怕挨骂？”

“骂又骂不死人。”她横了心。

知道是她第一次包指甲，五娘就包得用心。她仔仔细细，精精意意。先是把花泥敷在指甲上，一点儿也不多，一点儿也不少。那感觉，润润的，凉凉的，真好。然后是豆角叶，像一个小小的绿色怀抱，稳稳妥妥地把指甲包住。再然后是细细的白棉线，一道道一圈圈，像绿裙子系上了白腰带。脚上十个，手上六个，一共一十六。她看看自己的脚，再看看自己的手，这样子是有些奇怪的，然而也是好看的，还没有等到明天早上，光想就能想出这份好看来了。

晚上，她和小芳、五娘一起睡在了平房顶。她几乎没有睡着。不是怕掉下来，而是因为红指甲。她生怕豆角叶子会脱落，染出一身红。

乡村的夜晚真静啊。天空是深蓝色的大布衫，上面的小星斗是黄灿灿的玉米粒，蛐蛐儿啾啾地唱着，青蛙也呱呱地配着乐。东院的猪在打鼾，西院的老母鸡不时发出一声声轻微的“吱啦”响。这间平房下面垛着干草，冬天的时候，村里的人都要在床上铺一层厚厚的干草。这些干草洗三遍，晒三遍，躺在上面，身子一动，就会有一股清香汩汩地管涌出来……在她无边的遐想中，露水悄悄地下来了，是一种无声无息的滋润，在这滋润里躺着，感觉自己一点一点地变成了一株庄稼……她还是不知不觉地睡着了。早上一激灵醒来，她连忙看看自己的手脚，还好，豆角叶都好好地在上面呢。

几个人都把手指凑到一起，比了起来，五娘的掉了两个，小芳的掉了四个。小芳奶奶和她的一个都没掉。五娘拿起她的手仔细地打量，连连赞叹。"好看。是好看。我猜她的指甲染出来就会好看。不是我说，娘，"她把脸转向婆婆，"咱们上年纪的人，就是包得再服帖也不中。人老了，指甲也老了，不上色了。再涂胭脂再抹粉也是枉然啊。"——枉然。有时候，五娘就会用这些文绉绉的词。她不由得笑起来。她也入迷地看着自己的指甲。红得不是很深，却是那么纯正，那么润亮，既照人的眼，又养人的眼。这红指甲红得多么俊！像课文说的那样：红得像宝石——不，她没见过宝石，那就像刚洗过的红樱桃吧，或者是秋天成熟的枸杞。

三

第二天是星期天，不用上学。她磨磨蹭蹭的，半上午才回到家。奶奶正在大门口坐着，一眼就看到了她的红指甲，转身进了屋。顷刻，妈出来了。

"刮掉。"妈二话没说，就给她递来一把小刀。

小刀子放在指甲盖上，她舍不得往下刮。红指甲的光映到刀刃上，闪出一片惨惨的血痕，看着就心惊。她的眼泪已经在眼眶里打转了，手却突然被一双大手捉住——妈妈来了。她把她的手按到自己手里，开始给她刮。小刀片很薄，被妈使在手里却是那样重。

哧！哧！她的左手大拇指指甲上，落下了两道白印儿。

“妈！疼！”她叫着。其实不怎么疼。最让她疼的，还是这刚刚染上的红指甲。

“妈，让我自己刮吧。”她说，“我求求你。”

妈的手顿住了。“好好刮。刮干净。”她声音不高，却神情凛然。

又迟疑了一会儿，她手里的刀片终于朝自己的指甲刮去。

自那之后，她再也没有染过指甲。

她上高二那年，奶奶病了，说是食道癌晚期。到医院看了，受了一番罪，花了一番钱，最后还是让把人抬回了家。她的功课很紧张，不过每个星期还能有一天回去的日子。每次回去她都给奶奶值夜。她整夜不睡，坐在奶奶床前。

奶奶病了，她想起奶奶好时的样子来；奶奶不会走路了，她想起奶奶走路时的样子来；奶奶醒了，她想起奶奶睡觉时的样子来；奶奶睡了，她想起奶奶醒时的样子来。

奶奶越来越衰弱了，但是看着很平静。精神好的时候，她还能和她聊几句。

“想考个啥大学？”

“医科大学。”

“中。给人治病，好。”

“奶奶，你可得活着，等我学成了，把病给你治好。”

“那可不中，赶不上了。”

她噙住眼里的泪，把视线转向电视，不自觉地换着频道。有个台放的是《红岩》，正播着江姐受刑的场面，竹签正在往江姐的手上钉，一根，一根……

“奶奶，快看，江姐。”她说，“女革命家。你小时候是不是特别崇拜她？”

“关掉。”奶奶闭上眼睛，突然急促地说，“关掉，关掉。”

她关掉了电视才发觉自己手心里全都是汗。

好久，奶奶的呼吸才平静下来。

“妞妞，我死了之后，你们都可以染指甲了。”奶奶轻轻地说，“这些年，委屈你们了。”

她的眼泪唰地落下来。不是因为委屈，不是。可她也说不准是为了什么。

“我是真的不能看染指甲。”奶奶又说。

“为什么？”知道这个问题是个禁区，她还是忍不住问了出来。

奶奶笑了笑。

“本来想把这事带到棺材里的，可是又怕你们以为奶奶是个老古怪，在地底下还怨我……女孩子，谁不喜欢染指甲呢？”她望着房顶，似乎要望到极远极远的远处，“八岁那年，我和娘一起住了宪兵队的大牢。娘去受刑，手上钉的也是竹签，指甲全掉了，全是黑红黑红的血……”奶奶抿了抿嘴唇，“从那以后，我就不能染指甲了，也不能看染指甲了。我娘那才……那才真是指甲开花啊。”

她怔住了。

两年后，她考上了一所著名的中医学院。一次在和同学们闲谈的时候，有人说起了指甲花的医学用途，女孩子们顿时热烈起来，纷纷说起在家乡的时候如何用指甲花染指甲。她这才知道指甲花原来有很多别名，豫晋一带叫指甲草、染指甲花、凤仙花，闽东一带叫灯盏花、急性子、洒金花，潮汕一带叫小桃红、金凤花……

"我们那里还有一个名字，"一个女同学说，"叫透骨草。"

"你说什么？"她惊住了。

"透——骨——草。"

她的泪水顿时盈满了眼眶。

进　去

一

常河出事的事儿，柳榆是第三天才知道的。那个星期六上午，她去菜市场买菜，正和鱼老板讨论一条鲈鱼的死活。听到手机响，没接。

“你看你看——”鱼老板把那条鲈鱼捞出来，它的鳃慢悠悠地一张一翕着，似乎是懒洋洋地进行着呼吸运动。如果不理解鱼离开水的艰难，那情形真的很像是懒洋洋。

柳榆笑了笑。

“要不要？”鱼老板追问。

“要。”

鱼老板把鱼往地上狠狠地一摔，“啪！”这一瞬间，柳榆把头扭了过去，下意识地在胸口画了个十字。

“哟，你信教呀。”鱼老板说。

柳榆没吱声。她不信教，可是她也不知道为什么，每当心情紧张的时候，她都习惯在胸口画个十字。

手机又响了，显示是固定电话，好像是豫北某市的区号。柳榆接了起来，果然是。打电话的人是那个市的文化局副局长，长得圆圆胖胖的，走路有点横摇，很像一只企鹅。她就暗暗地叫他“企鹅”。两年前，因为要出一本反映当地非物质文化遗产的书，企鹅找到了她出版社的领导，领导就把这个活儿压给了她，那段时间她和他有过几次交往。已经断了联系很久了。

简单寒暄两句，那个人便切入了正题：“你知道吗，常河的事？”

“不知道。”柳榆道，心里忽然一颤，“什么事？”

“进去了。”

“去哪儿了？”

“唉，你呀。进去了嘛，这都听不懂？”

“哦，懂了。”柳榆说。沉默了片刻，也不知道该说些什么。可是总该说些什么吧。

“他，怎么就进去了呢？”

“这种事么，隔墙扔砖头，砸到谁算谁呗。”

“因为什么？”

“这谁也说不清。”

真是废话。柳榆想。

“上面那么厉害，总不会冤枉人的。肯定是有问题吧。”企鹅在电话那边接着说，“他经手了那么多工作，拆迁，城建，税务，还有工业集聚区……油水大的地方脚打滑，摔跤是迟早的事。”

“经手这些工作的人迟早都会出事吗？”

“运气好的不会出，运气不好就会出。”

“那你刚才为什么要说他进去是迟早的事？”又说偶然性又说必然性，柳榆觉得他的逻辑很不严谨。

“你看你，还挺……认真的，反正大家都这么说呗。”电话那边讪笑了两声，“是前天进去的。那天上午我还在一个会上碰见了他。这阵子我们这里抓了好几个，我们俩还说下一个不知道是谁呢，没想到就是他。你看看这事。”企鹅重重地叹着气，“办公室立马就给查封了。真是雷厉风行。”

柳榆辨析着他的口气，有感慨，有叹惋，更多的却似乎是兴奋。想来这消息在那边传遍四方，已经无处可告，到她这里才算是终于找到了一个懵然不知的人，他肯定很有成就感吧？他是常河的朋友，虽是官场朋友，却也应该是唇亡齿寒的朋友，可是他对于常河的事，最大的快感就是传播，尤其是传播到她这种消息盲区，可谓是最可自慰的有效传播。

鱼老板收拾好了鱼，递给柳榆：“四十二。”

“好。”柳榆说。

大概是听到了电话这边的响动，企鹅知趣道：“那你忙吧，我没别的事——想着常河是通过我才认识的你，你和他也算是朋友，才给你打个电话。”

“谢谢，再见。”柳榆收线，掏钱给老板，走出了菜市场。她茫然地站在一棵槐树下，站了很久，才想起来那人的最后一句话。没错，她和常河认识，就是通过企鹅。而她和常河迄今为止，也正如他所言，“也算是朋友”。

二

“朋友”这个被用滥了的词，对柳榆来说却是有点儿奢侈的。她交际圈不大，平素也没有交际的兴致。只要不出差，永远是两点一线，家里，社里，社里，家里，至多不过是拐到印刷厂盯一下书的用纸和封面。那一次和常河认识，是常河来郑州办事，企鹅乘着常河的车来。他们到郑州时已经是中午，反正得吃饭，柳榆就把他们领到单位对面的一家烩面馆。常河很周到，点菜时询问柳榆爱吃什么，有没有忌口的，做出了请客的架势。企鹅忙表示自己请，说领导批了请客经费，常河笑道：“得了吧，就你们文化局那点儿经费。这个机会还是留给我吧。”

饭时闲聊，不过是些家常话。柳榆对他们的行政工作一点儿好奇心也没有，也不想表现出哪怕仅是礼貌上的好奇心，常河却对柳榆的工作很好奇似的，问出版这一行怎么运作？如何赚钱？和哪些名人打过交道？一个像他这样的一般人要是想出书又该走什么程序？

“一般人要是想出书的话……”

“小柳你看看你说的，常书记是一般人吗？”企鹅纠正。

柳榆厌恶他的做派，道：“我没见过他当书记的样子，在这里我就觉得他是一般人。”

常河呵呵地笑着，很开心的样子，道：“对啊对啊，小柳你说得对极了，我常常觉得，自己就是个一般人。”

第二次来，常河就单独联系了柳榆，说请她喝茶吃饭。柳榆说没时间，常河道：“那我就去社里，占用你一点儿工作时间吧。”

作为一个普通编辑，柳榆没有独立的工作间，就在大办公室自己的隔断里给常河拉了一张凳子，倒了一杯白开水。常河却不坐，左瞧右看，东张西望，像个孩子似的，眉梢眼角都透着兴趣，道：“这是我第一次来出版社，原来是这样的。”

“很简陋吧？肯定没有你的办公室豪华。”柳榆道，心想他可真不像一个书记。

“腹有诗书气自华。”常河道，“人是这样，屋子也是这样。”他坐下来，看着柳榆，“我常常觉得，人和屋子的本质很一样。人就是会走路的屋子，屋子就是不会走路的人。”

这话说得很文艺呢，更不像一个书记了。柳榆忍不住笑了。常河也笑，有点儿得意的样子，显然也知道自己这话说得漂亮——后来柳榆才知道，常河是华中师范大学毕业的，当过好几年的中学语文老师。他的气息也确乎带有些微的语文气，这些语文气再调和上他从政后的眼界和见识，便远离了教书匠的小气迂腐，显得明慧开阔。

聊了一会儿，常河图穷匕见，说自己确实有出一本书的念想，但平日里没时间，写不了长的东西，只能记些片片段段，诸如方才人和屋子之类的话。这能出书吗？

“恕我直言，你没有固定的读者群，如果出书……”

“你客气了。我不仅没有固定的读者群，也没有不固定的读者群，简而言之，我根本没有读者。”常河和颜悦色，“这书我一定自费。钱的事情不用考虑，不是问题。我就是想出本书，自己看看。将来老糊涂了，也算留给孩子一些明白话。我常常觉得，留钱留房子，都不如留这个。”

真是聪明至极。柳榆如释重负。问他写了多少？他说也没数过，有四五十篇吧，柳榆说显然字数不够，让他继续写。不过可以把已经写好的发给她看看，书名版式什么的这期间也都可以商榷琢磨。

“你要不要起个笔名？”

“没想到好的，你帮我想想？”常河显然有些不好意思。

“嗯，就叫常人吧。你不是说自己是一般人吗，那不就是常人吗。”

常河爽朗地大笑起来。

“书名也有了，两个。”柳榆的灵感滚滚而来，“低调点儿的叫《常觉得》，你的口头禅就是：我常常觉得；高调点儿的叫《常可道》，道可道，非常道，有可道，是常可道……”

“都快成绕口令啦。”

“体例吗，也有了，就参照《论语》吧，那也是一段一段的箴言警句，咱就跟孔老师学？”

柳榆妙语连珠的打趣让邻桌的编辑都笑出了声。

“折杀我了。”大概是不惯这么开玩笑，常河的额头都冒出了一层细汗。柳榆这才觉出对于常河而言，自己纵得有点儿过了分。

三

葱姜切丝。将鱼两面打上一字花刀，抹匀料酒，抹盐，腌一会儿，再把葱姜丝均匀地铺在鱼身上，然后蒸锅放水，开火蒸鱼。火候到了，把鱼出锅，烧热油浇到鱼身上，最后撒上星星点点的红剁椒……柳榆机械地做着这一切，脑子里全是一个念头：常河，他怎么就进去了呢？

今天的鱼有些难看，似乎哪里不对劲儿。柳榆想了又想，想了又想，是了，她忘了把鱼脊骨处切开，结果蒸熟后鱼骨收缩，鱼破了皮，就变成了这样……可是，常河，他怎么就进去了呢？

当然，常河是个官员，正处级的官员，虽然这在郑州不算个什么，在北京更是官员食物链的最底层，不过在地级市也就相当不错了，且一贯当的还都是肥差——企鹅所言不谬，在当下的环境里，他"进去"就是既偶然又必然的事。柳榆也不时听到同事们议论说他们的熟人谁谁谁"进去"了。在网上这样的新闻更是铺天盖地，一点儿都不新鲜。可是，不知道怎么了，柳榆还是觉得缓不过来这个劲儿：常河，他怎么就进去了呢？

女儿，老公，三人午餐。她一直闷闷的。她的话本来就不多，自己也没觉得多么异常，女儿却眼尖："妈妈，怎么了你？"

柳榆开口就说了常河的事，女儿听完就笑了，摸了摸妈妈的头："妈妈真可爱。"老公叹了口气，没说什么，继续吃饭。等到吃完饭，进厨房收拾的时候，才问柳榆："他和你，有什么瓜葛没有？"

"你想到哪儿了？！"柳榆很吃惊。既吃惊老公的猜疑，也吃惊老公的弱智：她要真和常河有什么，至于在饭桌上光明正大地说？——不过，也许在他眼里，她这是故作光明正大？

“你想到哪儿了？”老公也吓了一跳，恍悟过来，“不是那个意思，老夫老妻这么多年，我还不相信你？我的意思是，因为书的事，你和他有没有什么经济往来？如果有的话，你可得早点儿捋清楚，万一到时候牵连到你，你可得好好交代。”

“这个你尽可放心。”柳榆说。

“他有没有给你送过礼？”

“没有。”

其实有。常河给她送过两盒上好的茶叶，还送过一个很精致的青花瓷杯。这些东西她都没有拿回家，放在办公室的小储藏柜里。可此时，她不想跟老公提。常河对于她的意义和对于老公和女儿的意义不可能一样。常河只是她的朋友，不是他们的，他们关心的只是她。那些东西是她和常河之间的事，像是秘密。最平常不过的秘密，也是秘密。

“看你失魂落魄的，就那么难受？”

“是朋友。”柳榆说。

“什么朋友，外人而已。”老公安顿着酱醋瓶子，“有用的外人是朋友，没用的外人就是外人。”

柳榆沉默。老公是对的，她知道。他的对是铁壁铜墙的对，很多人都是这么做的，只是不说。这么极尽根底地说出来，也只有老公对她才会如此。

“别想那么多，把咱们的日子过好得了。”老公安慰地抱抱她的肩。

柳榆“嗯”了一声，慢慢地洗着碗，一只，又一只。

四

早上，给女儿做好早餐，眼看她背起书包走出小区，也才六点半。按以往的习惯，柳榆都要睡个回笼觉的。“好吃的是回锅肉，好睡的是回笼觉。”可是，今天，她不想。她就穿着睡衣，在小区里溜达起来。走了一会儿，在一张木椅子上坐下。木椅子上凉凉的，还有露水的湿润气息。

此时，常河，他在“里面”做什么呢？

柳榆摇摇头，这是要疯的节奏啊。

她打开手机，找到常河的短信。她习惯删短信，手机里留的短信屈指可数。可是和常河认识之后，不知不觉地，却存了一些他的短信。他的短信有的是时令性的，比如过年的时候他发：“心无冰雪，世界永春。”中秋节他发：“明月不用伴中秋，人生自有月当头。心中若有千般趣，何妨听雨上西楼？”但更多的跟时令无关，是很随意的，有些无厘头的句子：

“品格可能只在需要时表现出来，但绝对是在无关紧要时形成的。”

“船头一壶酒，船尾一卷书。钓得紫鳜鱼，旋洗白莲藕。”

“青山临黄河，下有长安道。世上名利人，相逢不知老。”

“梦里明明有六趣，觉后空空无大千。”

……

每次收到短信，柳榆的回复都是："收到，谢谢。"出于职业习惯，她在网上查过这些句子的底细，发现都出自别家。不过这摘录的倒也不俗，让她喜欢。这也许就是她留着它们的理由吧。

在这个早晨，她一条一条地看着这些短信，看着看着就恍惚起来，偶一抬头，眼睛有些雾蒙蒙的，便转眼去看脚下的绿色。不知是哪个人家，摆了一溜儿小盆，种了些韭菜、蒜苗和香菜，绿茵茵的长得葱郁。这家肯定有个农村来的老太太吧。忽然，柳榆想起常河所言的母亲。他说他父亲是个矿工，早年死于矿难，原本在家做主妇的母亲便被矿上照顾，有了一份工作：给矿工收发矿灯。矿工们都馋女人，接送个灯都想占点儿便宜。母亲因为丈夫的事，对这些矿工们都很怜惜，只要他们不太过分，也便都忍着。后来"文革"来了，母亲的娘家是地主，成分不好，就被欺负得更狠，谁想把她拎出来训一顿就训一顿，就是别人犯了错，也会把她拎出来，说是她在挑唆鼓动……因为这些缘故，少年常河的成长就行进得步履维艰。

"一群孩子去捡煤核，我只能捡小的。即使看到大的也不能捡，捡到了就会被人骂，说我不配捡大的。"常河说。

柳榆沉默。她觉得此时的安慰都流于轻浮。

后来，他和兄弟们都成家立业，母亲也来到了城里，却坚持在最老旧的家属院独住，不愿意跟任何子女。他们去看她，给她钱，她不花，总是攒着。给她买好东西吃，她也总是舍不得，差不多等到快放坏了才吃。就是洗衣服，母亲也总是比别人累，因为洗过的水，她要抹桌子，拖地，涮抹布……

“我妈的菜面是一绝。她把菠菜叶用开水一焯，然后直接和到面里做面条，特别好吃。我在外面应酬完，到她那儿吃一碗菜面，顿时就觉得世界圆满了。”

这些话，他是在电话里说的。他每次来郑州都日程很满，匆匆忙忙。起初每次他都会说：“下次去一定找你，好好聊聊。”可是下次复下次，他总是没时间，后来也就不说了。算起来他们总共见过四五次，除了第一次是在饭店，其他几次都是在出版社。他谈书的想法，她呢也给他备了一些书——社里出了不错的书，她都会给他留一些。他总是在她的小隔断小坐片刻，随即告辞，稍微从容的聊天也只能是在电话里。

一个穿青色外套的男人从面前走过，柳榆用眼睛追着看了一会儿，突然又想起和常河倒数第二次见面的情形。她送他往电梯那边去，他接了个电话，一边走一边说：“……对啊对，郑州是有个红颜知己。怎么着，不行啊？”说着，他看了她一眼。她笑了笑。挂断电话，他道：“没有冒犯你吧？”柳榆道：“我是红颜，那你是蓝颜？”他道：“青衫。网上说，对女人而言，男性的好朋友就叫青衫之交。”柳榆道：“江州司马青衫湿。”常河道：“湿了就再换一件。”两人相视而笑。

最后一次来，告辞之前，常河细细地环顾了一下柳榆的办公室，说：“一直想给你添置个什么东西，可是地方太小了。”柳榆笑道：“想添什么？你可以折现给我的。钱总是有地方放。”他也笑了。他笑起来很有几分憨厚。也许就是因为这几分憨厚，柳榆就总爱说几句难得的俏皮话。

他也有让她讨厌的地方，比如他难免打官腔的时候。柳榆知道他在她这里是尽力去洗的，可是仕途这么多年，官腔浸泡在了骨子里，想要洗净很难。那次他说自己的状态，说能有这样的平台是领导对他的信任，在这个位置上，他要尽全力保持清醒，不让自己膨胀。说他现在工作的目的不是图钱，就是为了能干点儿事。无论如何，他还怀着理想主义。当然他也知道多做事不如巴结领导有效果，有时候做了很多事，还得不到领导夸一句，可是就这样也得做，做了良心才能安稳啊……他说的这些，似乎是诚挚中肯的体己语，但似乎也是可以马上发表到报纸上的堂皇话。听着听着，柳榆就觉得他到底还是忘不了装。

那一次，常河说到了官场腐败。他说官场腐败其实只是腐败的一种，还有学术腐败、媒体腐败、医疗腐败……他说相比于官场腐败，由普通人构成的渗透细节的弥漫性腐败更可怕，因为官场腐败好歹总还有监管机制，可那些弥漫性腐败却连这个都没有。

“老师们让学生们去指定地方买书，交警给超重的大卡徇私减费，超市的楼层经理对供货商收受贿赂……谁手里有点儿权，就都想拿来做点儿利益交换，这种社会心理才最让人绝望，就像一枚烂水果，你只能看着它烂下去，烂进去。”

由此他说到自己的廉洁。说逢年过节的，总免不了有人送节礼，实在是好得不得了的关系，他才会收一张卡，或者收几条烟。他说他从不收别人送的钱。

“对，这样安全。”那次，柳榆忍不住说。

“你说什么？”常河在电话那边的口气有些吃惊。

“不收钱安全。”柳榆说。

常河嗯了一声，沉默了。安全，柳榆想，这才是实质吧。他不收钱不是因为不喜欢。这世界上，谁不喜欢钱呢？和对钱的喜欢相比，他只是更看重安全。

以后，常河就不再说这些话了。

——没错，虽然她对他的核心机密一点儿都不知道，可是这根本不妨碍她不相信他所谓的廉洁。可对他的不廉洁——这简直是一定的——她也很理解。如果她是他，不见得比他做得好。唯一比他强的地方，可能就是她压根儿不会去标榜所谓的廉洁。

她会沉默。

他还曾和她谈起文学和政治的关系。他说文学说到底还是在为政治服务，她说文学其实是为人性服务。两人争执起来，柳榆说：“为政治服务的文学不过是一时的强势虚华，为人性服务的文学才是长久的柔软力量。你难道不清楚吗？唐朝的政治早就死了，唐朝的文学还活着。”她激烈的文艺腔把常河说得哑然失笑。随后他认同了柳榆的说法，说自己也一直试图通过读书写作来服务自己的人性，但一直觉得服务的状态不理想，柳榆说只要能在服务区就很不错了。他又问柳榆自己写的东西到底怎样，柳榆说文笔倒很平实，思想层面、生活层面、经验层面也都有自己的体验，却也没有更多的东西，走的都是大路而已。而写作的重要价值，就是走小路。因此，他的写作还真如自己所言，最重要的意义就是给自己看看，或者是“留给孩子一些明白话”。

他问柳榆，在她接触的官员中，他能得多少分？

柳榆说八十分左右。

“怎么个左右？”

“稍微向下一靠，就是七十，往上一走，就是九十。”

“别的不说，在对朋友上，我能到九十。”常河说。他说他足以心安的就是能够对朋友很好。尤其是，如果他在上升阶段，他就会一直对朋友很好，如果他走了下坡路，就会离朋友远远的。他说这是他对朋友的爱。柳榆说这也是你对朋友的不爱，因为你不想把你弱的部分给朋友看，而且你把朋友都看作了势利小人。

“你怎么……这么尖锐。”常河似乎被什么扎了一下，打了个磕绊。

“不算尖锐，只是比较诚实。”

“你和别人说话都这么诚实吗？”

这话很天真，天真得不像一个久经沙场的官员。柳榆在电话这边微微笑着，道：“傻瓜才会对所有的人都诚实呢。敷衍不需要耗费能量，所以我经常对人敷衍。诚实需要耗费能量，我就比较慎用。对值得的人才会诚实呢。”

“你真当我是朋友吧？”

“嗯。”

“那有什么事需要我做的，一定告诉我。我一定尽力。”

“回头去尝尝你家老太太的一碗菜面吧。”

“两碗也木问题。”常河的方言冒了出来，“那她可高兴毁了。”

一个标准的、严谨的、狡猾的政客，略微有点儿小情趣，偶尔在她这里抒发一下，放松一下，甚或是撒娇一下。他世俗地聪明着，因他偶尔的自审和自慎，也有超拔的趋向。却也就是如此，不能再多……在早晨清冽的空气里，柳榆尽量清晰地梳理着自己和常河之间的脉络。

就是这样。她告诉自己说：就是这样。

可是，真的就是这样么？

翻回到自己的微信里，犹豫了一下，柳榆终于发了一句话：一个朋友进去了。难过。

很快，各种反应就来了：

谁？什么职务？什么事儿进去的？

贪官一枚，活该的。

唉。

倒霉呗，没办法。

节哀顺变哈。

还有两个人点赞——他们应该是没看吧。或者就是觉得这事好，就该点赞。

柳榆很快删掉了这条微信。深度后悔。还能怎么样呢？她就不该说。她就该把这事儿放在心里——或者，她就该和那么多人一样，不把这事儿当成个事儿。她这么做，就是矫情，就是文艺，就是无聊，就是作。

五

单位的办公桌上，常河的稿子还在那里放着，是她零零星星打印出来放在那里的。闲暇的时候她会不时翻起常河的稿子。这一刻，拿在手里的是他的“析词”系列，两段。

登高望远：首先是要告诉我们，认路的能力要大于走路的能力，认识方向的能力又大于认路的能力。一个人要做到既能登高又能望远至少需要三个支点，一是历史眼光，二是广阔视野，三是辩证思维。历史眼光即，把问题放到一定的历史条件下去考量，但前提是要读书多，心里有历史，经的事多，心中有空间……

忙与闲：一是踏踏实实劳动后才有闲。勤靡余劳，心有常闲。二是认认真真做事后才有闲，果决人似忙，心中常有余闲，因循人似闲，心中常有余忙。三是平平常常过日子才有闲。人安茅屋静，心淡世路平。

现在的常河，进去了的常河，算是闲了吧？可是他的心里又该是多忙呢？忙得又该是多么空旷呢？

午饭是工作餐，四菜一汤。平日里她都吃不完的，总要扔掉大半。可是，今天，她一口一口地吃完了，吃得打了饱嗝。吃饭的时候，她也想起了常河：他在里面恐怕是吃不到这样的饭吧？饭后去上卫生间，她又想，常河上卫生间会是怎样一个情形？有没有人跟着？听说进去的人有的会在卫生间里自杀……脑子里和胃里一样饱。柳榆觉得自己饱得很无耻：你在外面，他在里面，你和他以朋友相称，时不时会见个面，通个电话，甚至谈谈心，可是你这个朋友可算是什么朋友呢？你能为他做点儿什么呢？当然你完全可以说你无能为力，可是你真的有那么无能为力吗？

柳榆终于决定去拨打常河的电话。她知道他一定关着机，可是她还是想要打一打——既然已经在作，那就继续作吧。

果然关机。

柳榆又拨通企鹅的手机，企鹅一接通就说："还没消息呢。长则三个月，短则一个月。你别急。"

"他太太没有进去吧？"

"没有。"企鹅笑。

"她的手机号你有吧？"

"有。你想找她？"

"嗯。"

"见过她？打过交道？"

"没有。"

"那你这会子找她干什么？！"企鹅顿了顿，"说不定她的手机会被监听呢。我都没敢给她打电话。"

"你给我吧。"

"你到底想干什么？……可别做傻事啊，如今这种时候。"企鹅终于找到了疑惑的重点，"你和常河之间……"

"别瞎想。我和她交代一下常河书稿的事。毕竟常河这件事情在我这里没办完，我得给人家有个说法。"柳榆知道必得如此，必得找个切实的理由才能解释要号码的事，不然企鹅的思维就会走向各种不堪的岔路——也不是岔路，是大道。这世上绝大多数的人都习惯走这样的路，不是大道是什么？原本也是她在作，才走这样的小路。

她突然想起有一次聊天，常河说自己的缺点就是不善于团结女同志，柳榆说她不相信。说像他这样的人，女同志肯定是一群一群地扑过来的吧。他说没有。说连跟他抛媚眼的人都没有。柳榆说你该去测测视力了，肯定是因为近视，所以别人抛你都没有看见。常河笑声朗朗，说真没有呀，真没有。

“哦，这样啊。你还真是负责。”企鹅释然，“一会儿发你手机上。”

可是那个号码也关机。

混混沌沌地到了下班时分，临出门前，柳榆到底还是往那个手机上发了条短信：“一切都会过去的。祝好。一个朋友。”

翌日一早，她收到了回复：“谢谢。”

六

柳榆决定去看看常河的母亲。

车一路向北，穿过郑州城区，从连霍高速入口进到郑州绕城高速，向西走二十分钟，再进入郑云高速。又二十分钟后，便穿过桃花峪隧道，上了桃花峪大桥。郑州境内的黄河上有好几座大桥，桃花峪大桥是最新的。桃花峪是黄河中下游分界线，把桥建在这里自有讲究。

这是柳榆第一次走这座桥。她放慢车速，看着左右。正是雾霾天气，一切都在朦胧中，远远望去，日光下的黄河竟是一条白河，似乎是非常沉静地安卧在大地上。两岸的滩地虽然都种着庄稼，但是在雾霾中苍苍茫茫，竟然显得荒凉无边。

豫北柳榆也曾去过，跟一个女友。那个女友是印刷厂的副总，和柳榆因为工作关系热络起来，相处甚欢。那次她去给豫北的一个酒厂送印好的画册样本，顺便拉柳榆去玩。参观酒厂的时候，柳榆第一次看到了窖池。窖池很多，放眼望去，一方方，一排排，如同土地。池里都是窖泥，黑黑的，肥肥的，却不脏，自有一种洁净。

“这些窖池，都是宝贝。越老越宝贝。粮食能变成酒，窖池最关键。好酒全靠老窖池来发酵。千年老窖万年糟，你想想这老窖池该多厉害。”厂长说，“现在，二十年的老窖池都不多，三十年的就算稀罕，咱们这窖池自 1958 年建厂，都六十多年了。你想该是多大的宝贝？”他看着窖池的神情，如同一个痴迷的农人在欣赏丰收的庄稼。柳榆忽然明白了白酒广告上经常用的一个词：窖龄。

“随便把什么东西埋在这窖池里，将来都会成为酒吧？”柳榆开玩笑地问厂长。

“嗯，把人埋在这窖池里，也会成酒。”厂长很有幽默感地笑答。

把人埋在这窖池里，也会成酒……柳榆知道自己又走神了。走在这样的高速路上，走神是多么危险的事。她含了一粒薄荷糖，咳了两声，对着前方大声念道：“桃花峪大桥！桃花峪大桥！”而此时，桥的栏杆已经历历可数，很快一闪而尽。桥走完了。

常河在微信里晒过母亲的照片。那天是母亲节，老太太正在包饺子，四张照片里，两张饺子，两张老太太。其中一张是老太太一手拿着饺子皮儿，一手正往盆里挖馅，眼睛看着镜头，有些不好意思地笑着，似乎在说：这也值得拍？她头发花白，面容清瘦。常河在旁边配文："辛勤篝火夜灯明，绕膝书声和纺声。手执女红听句读，须知慈母是先生。和母亲在二号政府家属院寓所。"

按照导航的指引，一个小时之后，柳榆来到了家属院门口。家属院很小，房子一看就很有年头了。看着柳榆的车不当不正地停在那里，门卫室的老头儿很快走出来，逡巡了一眼，问道："郑州牌照呀。找谁？"

"常河。"

老头儿淡淡地道："他不住这儿。他妈住这儿。"

"嗯，我就是想来看看他妈。"

柳榆看着老头儿，她想判断一下老头儿是否知道常河的事，但老头儿面如木刻，什么也看不出来。

"您能告诉我她的门牌号码吗？"

"来看人家还不知道人家的门牌号码？"

柳榆被噎住，沉默片刻，轻声道："我是常河的朋友，很久以前来过，忘了是哪家。"

老头儿这才着力看了柳榆一眼，清晰地报出了门牌号码。柳榆道了谢，慢慢地磨着方向盘，往家属院里面开去。车开过老头儿身边，老头儿突然道："知道了吧？"

柳榆一怔，喉头一热，道："嗯。"

"那你说话小心点儿。她还不知道呢。"

柳榆把车又停住，看着老头儿。

“都哄着她，说常河出国去了，得些日子才能回来呢。常河姐姐天天来，一早就守在门口，等着收报纸，怕哪天报纸上有常河的信儿。老太太喜欢看报纸。”

柳榆点点头：“谢谢您。”

一步一步往楼梯上走着，柳榆第一次发现，这楼梯真不禁走，眨眼就到。也是，本来就不高，二楼。她站在门口，许久。手里拎着那个快递袋子。

袋子里装的袜子，是恒源祥最新款的兔毛女袜，十双。她在恒源祥的官网上买的。本来打算自己穿，可是，在临出发的一刻，她突然动意，想要送给老太太。老太太不舍得花钱也不舍得吃好吃的，袜子总可以穿好的吧？老年人体寒，需要穿好袜子。

——跑了一百多里，拎着十双袜子，来看一个所谓的朋友的母亲。她深深觉出自己的荒唐。更荒唐的是，待会儿要是见了她，你要和她说什么呢？你能和她说什么呢？说常河吗？说自己吗？还是说饺子、菜面之类的家常？

但还是要送给她。一定要送给她。

她敲响了门。

“谁呀？”一个细弱的声音。

“我。”

老太太的脸从内门里露出来：“找谁？”

“找您。”

老太太打开外门，眯起眼睛，努力地端详着柳榆：“面生得很。闺女，咱们在哪里见过？老了，记性差。”

柳榆把手里的袋子举起来："您孩子给您买的袜子，让我给送过来。"

"小河？"

"对，是常河。他在网上买的，我是……送货员。"

"怪不得人家常说网上买呀送呀的，这袜子也能网上买？"老太太接过袋子，"得给你钱不？"

柳榆笑着："钱给过了。"

"哦。那你进来喝杯水？"

"不了。"

"闺女，"老太太也笑着，昏暗的眼睛里闪着愉悦的光，"小河啥时候给我买的？"

"五天前。"

老太太掰着手指算着："是在他出国前呢。"

"是啊，他真孝顺。"

老太太既谦虚又满足地笑了笑。

"那，我走了。再见。"

"再见。"

柳榆又在门口站了一会儿，才慢慢走下楼来。一桩事情做完了，她以为自己会好受一点儿，可是，没有。她回到车里，伏在方向盘上，泪水无声无息地爬了一脸。

一个下午的延伸

到宣传部上班的第一天，我迟到了。

是因为鞋子。

其实我七点半就来到了县委大院，可是部里还没人。我就在办公大楼后面那所破败的花园里慢慢地转悠着，等着钟点。园里的花大多是易生易长的月季，萧条地抽枝疯长着，高高地擎着艳丽的花冠，仿佛柔弱得不堪一击，又仿佛孤傲得卓绝人世。这些巨大的花丛，多数已不开花，它们膨胀着无用的枝条，肆无忌惮地占据着花园的空间，猖狂得如人类某些难以节制却又盲目已极的欲望……我感慨着在青砖小路上踱着步，忽然发现自己再也迈不动左脚了。

低头一瞧，原来是鞋跟深嵌在了砖缝里。用力拔了两下，鞋拔出来了，可鞋跟从砖缝中脱颖而出的同时也以一条漂亮而简洁的弧线飞离了鞋底。

我束手无策。

透过冬青树的枝叶往外望去，人们已经开始三三两两地上班了。但是没有人发现我，没有人从这条小路上走过。我张了张口，没能出声——我无法也不愿向那些陌生的远远流动的面孔求助。

我焦灼而沮丧地站在那里。过了一会儿，小路上终于走来一位中年男人。我远远地看着他，心里犹豫着。他似乎发觉了我的神情，很注意地看了我一眼，这让我鼓起了勇气。他平静地听我讲完，然后问道："你的脚没事吧？"

"没事。"

他躬下身仔细地察看了一下我的鞋子，说："这得到外面鞋摊儿去修。你只好再委屈委屈，我去给你修一下。"

他从包里取出一张报纸铺到地上，让我把左脚踏在上面。

那个星期一的早晨，我就这么静静地站在那个破败的花园里，专心致志地等待着那个陌生的男人。焦灼和沮丧渐渐幻化成了一种恬淡的快慰。

他终于回来了。我穿上鞋子跟着他走出花园。从进办公大楼，上楼梯，转弯，直至将要走到宣传部办公室的门口，他都一直走在我的前面。在推开门的一刹那，他突然回头问道："你找谁？"

"办公室主任。"

"有事吗？"

"我今天报到上班。"

"那你迟到了。"他笑道。

"你也迟到了。"我也笑着跟着说。

"我们迟到的性质不一样。"他说着迅即而自然地收敛了笑容，推开了门，把我向同事们做了一个简单的介绍后，便带我去常委办公楼见部长。我这时才明白：他就是办公室主任。

我们慢慢地走在开满了紫桐花的林荫道上，所到之处都会激起一阵如洗的鸟鸣。忽然，一朵紫桐花优雅地落到了他的身上。他把花拿在手里，抬头朝树上看了看，笑道："紫花才谢尽，绿叶又争荣。看着你们一茬茬地赶上来，就觉得自己老了。"

那天我正好穿着一件浅紫色的裙子，便笑道："你才是绿叶呢。我是紫花。"

他看了看我，笑起来："今天你干吗要走那条小路？"

"你呢？你不是也走了吗？"

"我是习惯了。"

"我是新鲜。"

他又笑起来。他笑的时候脸颊上有两个很大的酒窝，使他看起来像个孩子。

后来我被分到了新闻科。我们接触的机会很少，也很公式化，平日里见面也只是点点头，打个简单的招呼。再后来他被提升为副部长，无形中便和一般的职员拉开了较大的距离。虽然他言谈举止在我看来一如既往，但同事们背后议论起他来，总说他阴险。我却觉得他阴险得十分有趣，便常常偷偷地观察他。

有一次，我正在悄悄地看着他擦皮鞋，他忽然抬起头，对我轻轻一笑，然后又低下头擦他的鞋子。

原来他早就知道我在窥探他。我的脸红了。

然后就是那天下午。

那天下午，他到我们科询问“县十大新闻人物评选活动”的进展情况。科长不在，我负责候选人材料的收存工作。他让我拿出材料，大致看了一遍，特意把卫生口的材料挑了出来。听同事们说，他原来是个医生，看来果然不假。

“这个人也当了候选人？”他笑道。

“材料上说两年中就破格提了主治医师呢。”我说。

“主治医师怎么了？哪个医生不能成个主治医师？”

“那么容易吗？主治医师相当于教授呢。”

“谁告诉你的？”他笑了，“那是主任医师。”

“我不大懂。”我说。

他在我对面的桌前坐下，兴致盎然地给我讲起了医院的工资、职称、行政结构、人事关系等等这些他曾经十分熟悉的内容。我发现他是一个极好的谈手，非常有自己的角度和趣味。而这种角度和趣味又出乎意料地吻合我的心理习惯。于是我们一问一答，谈兴倍增，营造出的谈话气氛十分融洽、活泼和热烈。

当谈到医生的人道主义精神时，我忽然想起一个故事，便对他说：“我读过一篇叫《无影灯下》的小说，讲的是一个医生在给背叛他的女友做阑尾炎手术时，故意破坏了她的生殖系统，结果这个女人婚后多年不孕，事情败露后医生被送进了大牢。不知道这个医生在做手术时是怎么想的？”

“这没什么好奇怪的。医生是医生，可也是有七情六欲的人。人们所说的‘救死扶伤’‘妙手回春’之类的评定都是死的硬的，可医生这个人却是活生生的。他是白衣天使，但也有魔鬼附身。当天使战胜魔鬼时，他就是天使；当魔鬼战胜天使时，他就是魔鬼。”他神态从容地说着，仿佛在游刃有余地进行着一个手术，“你们说的那个医生也是如此。他做阑尾炎手术时，是天使。他破坏她的生殖系统时，他是魔鬼。其实这种事情再正常不过了。我们每个人都是天使与魔鬼的混合体，我们随时随地都只是这两种东西在斗争。人们之所以会对某些事情感到困惑，只是因为他们没有找到这些事情发生的内在因素罢了。”

“你对人性这么有研究，是不是看了许多哲学书？”

“有人就行了，何必非得看书？哲学无处不在。”

“没想到你悟性这么好，我原以为……”

“我不过是一个狡猾的政客，不是吗？”

我不好意思地笑了，却又蓦然一惊。我的笑等于默认了他的推测，这未免有点儿太危险了。

于是我试图亡羊补牢，说：“和你聊天我很放松，就像朋友一样。可如果我说了什么不恰当的话，你千万不要介意。”

“你不应当有这种顾虑的。”他含笑道，“以我们相互信任的程度来说，我们所负担的风险值是一样大的。”

我觉得自己在他面前简直是一览无余。好在一览无余和一无所知一样，都可以让人毫无顾忌，于是我索性笑道：“前些天我听说了一件事，有个男人，和你年龄差不多，半个月前和一个女人私奔了。我觉得挺有意思。你们这一代人面临的冲击和诱惑似乎特别多，尤其是感情上的。”

“我说过，人们之所以会对某些事情感到困惑，只是因为他们没有找到这些事情发生的内在因素罢了。这种事其实也很正常。我们这一代人一次次地建立信念、怀疑信念和摧毁信念，直至最后没有信念，心灵所经历的折磨也许是你们难以忍受的。”他点燃了一根烟，“他能够私奔，我其实挺佩服他的。要知道，以这种方式抛弃过去的一切，是需要相当的勇气的。”

“他好像有点儿不太理智。”

“寻求感情的先决条件之一，就是至少得丧失一半理智。”他笑道，“尤其是对我们这些理智细胞相当发达的人来说，为爱情做出些什么已经是相当困难了。”

这是个周末的下午，办公室里很静。一些同事早就偷偷地溜回了家，几乎没有什么人来打扰我们的谈话，除了电话铃声。每接一次电话我都会觉得害怕和尴尬，害怕的是他会突然走开，让我们这次在机关里很难出现的谈话不了了之；尴尬的是我们重新开始接上话茬时往往有点儿不自然。虽然我们很像朋友，但毕竟不是朋友。他是我的上司，我是他的下属，我们不能不互相设防。

但是他在我接了五个电话后依然没有露出要走的意思，我自如了许多。我忽然明白，他在机关里其实也很难找到合适的谈手，他也需要松弛的倾诉。而我对他既没有什么实质性的危险，也能够比较快地领悟他的话。所以，对于这次谈话，他也珍视。

接下来他谈到了他的家，他的妻子，他的孩子。他的孩子在他的描述中显得非常聪明和可爱。“有时候想想，我现在有房子住，有钱花，在社会上小有地位，家庭也算和睦美满，我就挺满足的。”他说。

“你是不是常常需要找一些让自己满足的理由？”我笑道。

他也笑了："没有你想象中的那种完美的生活，那不过是海市蜃楼而已。在现实生活中，能找到一些让自己感觉满足的理由，已经是一种幸福了。要知道，现在这个世界上疾呼痛苦的人已经越来越多了。"

"你的心理状态似乎平衡得很好。"我笑道，"如果现在有一个非常让你动心的女人在诱惑你，你还会这么平衡吗？"

"能让我动心的女人非常少。既能让我动心又很会诱惑我的女人更是少之又少——几乎是没有的。"他笑道。

"如果有呢？"

"我不知道。"他沉吟道，"我想象不出来。不过我知道，如果有这样一个女人，如果她不向我要求婚姻，那她就绝不是真爱我；如果她向我要求婚姻，我就绝不会答应她。"

我们都笑了，都望着窗外的婆娑树叶。如果，如果，怎么会有那么多的如果呢？如果我是那个女人，如果我向他要求婚姻，如果……一转脸，和他的目光相遇，我们都迅速地避开了。他的眼神告诉我，他也想到了这个"如果"。

我们静默了片刻。他站起身："没有别的事，我该走了。今天下午和你谈了许多，收获很大。"他迅速恢复了他一贯的语言表达方式，一瞬间便完成了角色转换。我站起来，面对着他，居然不知道该说些什么好。

走到门边的时候，他又对我说："以后你们科室的门不要在上班时间锁着，虚掩着就行。不然谁进你们科都得大呼小叫，像什么样子！"

“知道了。”我说。其实我知道他并不是在说门，他是在告诉我，别以为这场谈话有什么特殊意义，谈话过后，我还是我，你还是你，一如从前。

我不由得笑了。尽管如他所言，许多事情的发生都有它的内在因素，没有什么好奇怪的，可是我还是觉得新鲜，觉得有趣，觉得每一个人都实在很有意思。

也许和他相比，我还是太年轻，可是人一成熟往往就老了。和老相比，我还是宁愿年轻。

“十大新闻人物”评选活动结束不久，部里分到了一个去北京学习的名额，时间是半年，食宿和学习费用全部是公报，自然是个难得的好机会。部里很多人都想去，我也想。可我知道凭自己的身份和资历，很难争取到这个名额。我知道我也可以去找他，但这么做无疑是在利用我们那次谈话的资本。这对我来说，未免太可耻了，于是我一直没有提出申请。不知为什么，部里也迟迟未定下去北京的人选。

一天早上，我们在上班的路上相遇，他忽然问我：“你看咱们部里谁最适合去北京学习？”

“我。”我开玩笑道。

“你好像没有提出申请。”他说。

“申请了又有什么用？”

“有没有用不敢说，但申请和不申请是不一样的。”他说。

于是，来到办公室我就写了一份申请，交到了他的手中，他什么也没说，顺手塞到了抽屉里。

没多久，去北京的人选定了下来，是我。

我当然很高兴，可是又有点儿担心别人的闲话——我知道我的入选肯定是他的策助。后来果然有人提了意见，他说："这件事是部长决定的。有什么意见可以向部长反映。"当然没有人敢向部长反映，小小的风波便迅即无声无息了。

有一天，我在走廊上碰到他，低低地向他道谢。他淡淡地笑道："谢我干什么？你应当感谢组织。"然后就若无其事地走开了，好像我的事和他没有一点儿关系。

是的，我们是没有一点儿关系的，除了那次谈话。而那次谈话也已经成为历史了。

可我还是要向他表示感谢。我给他和他的妻子各买了一双优质的皮鞋，给他的儿子买了一身漂亮的儿童套装。其实我知道我实际上大可不必这么做，但我总是一厢情愿地对自己强调：虽然那次谈话只是一次谈话，对他来说也许不过是过眼烟云，对你来说却很重要。它是一张纯美的贺卡，不是一个实惠的存折，你不可以去玷污它。他的心灵可以向你敞开，但他的权力只属于他自己。你不要试图利用他曾经向你敞开过心灵而去和他的权力发生千丝万缕的联系。他的心灵和权力对你来说，根本就是两码事。

我不想欠他的人情。

送东西的时候，我认识了他的妻子。她有点儿胖，挺标致的一副眉眼，衣着言语中透出一种可爱的家常与平淡的亲近。他的儿子果然异常聪明和灵慧。他常常长时间地注视着儿子，那种神态，简直像一个热烈的情人。

告辞的时候，他一家三口都送了出来。他边走边笑道："你这个丫头，我说过让你感谢组织，你还是这么不懂事。”

“组织就是抽象的你，你就是具体的组织。”我笑道。他愣了愣，也笑起来。

在北京的日子轻松而快乐。学习班的学员来自五湖四海，明知无碍于彼此的利害，所以不论什么级别的人在一起，都显得十分放肆和尽兴；但又因为明知仅是半年之缘，所以又都觉得没有深交的必要，在放肆和尽兴的同时也就不自觉地在交谈中进行了保留、省略和夸张。每到这个时候，我就会想起他，想起我们那次真实的谈话。其实我们还可以谈得更深，但我们的缘分在造就我们谈话的同时也必然限制了我们交谈的程度。所以，只能如此。

这期间我往部里打了两次电话，汇报我的学习情况，恰好他都在。他按下电话的免提键，以一种敷衍的关切在众人的笑语声中询问了我的生活情况和学习心得，然后平淡地鼓励我一番，便告结束。回想起来，当时的每一次通话我们都好像说了很多，实际的记忆里却空洞得好像从来没有开过口。那些谈话与其说是谈话，不如说是一种表演。他表演得一直恰到好处，而我总是一不小心就想越出正常的轨道，飞到那天下午的气氛中去。

那真是个让人迷醉的下午，连沉默与尴尬都包含着无穷无尽的语言。其实那天下午我们的谈话光明到可以公布给任何一个人听，但我们却默契地把它变成了一个由我们创造、我们分享，也由我们占据的一个秘密。我们都没有向任何一个人讲过那天下午。没有必要。我们没有必要公布这个秘密以证明我们的清白，我们本来就是清白的。持有秘密并不意味着犯罪。也许在很多人眼里，秘密只意味着肮脏和阴暗，他们不明白，秘密同样可以意味着纯洁和深情。而在许多时候，人们之所以会成为秘密的持有者，只是不想让这种纯洁与深情受到世俗的侵犯和干扰。

一天晚上，我忽然接到了他的电话，他说他最近可能会来北京。

“有事吗？”我问。

“当然有。是部里的事。”他说。

我们都觉出这两句话有点儿“此地无银三百两”的味道，但都沉默了片刻，话筒中只听出共振的呼吸声。

“你什么时候来先通知我一声，我去接站。”我说。

“不必了，你去接站我还不放心呢。你只管好好学习吧。”他说。

这是他第一次直接而真实地向我表示关切：不放心。而且还是“我”不放心。他不再用那个概念化极强的词：组织。我的心忽然动了一下，我摸了摸自己的胸，仿佛要按捺住什么。物以稀为贵，大约温暖也是这样吧，我莫名其妙地想。

学习再有一个月就要结束了，离别的气氛被人为地制造了出来。校方早早地催促我们照了毕业合影；一些激情不减的同学已经买了精美的留言册四处请人留言；几个关系不错的同学也开始频繁地结伴外出旅游。我没有参与这些活动，在我的学生生涯中，除了小学毕业时我真心地流过泪，其余的几次毕业我好像都是无动于衷的。在我的意识里，“同学”不过是一个名词罢了。它只能说明某些人在某一段时间在同一个地方吃过大致相同的饭，听过大致相同的课，打发过大致相同的日子，仅此而已。它和军队一样，不过是一种环境的形式。而生活在这种环境中的那些人在思想上和情感上并没有什么特别的关联。所以许多人同学了十几年也不过是比较熟悉的陌生人罢了，而有些人只凭着一句话，甚至一句话也不用说，就仿佛已经认识了一生。

由于我对同学之情认识上的这种淡漠，所以我没有参与这些告别活动。我一个人消消停停清清静静地逛着北京城，逛完了紫禁城、北海、颐和园、天坛等这些皇家地界，就开始瞻仰形形色色的名人故居，顺便再玩赏一番名目繁多的胡同，反正每天早上一起床就有事可做，一出门就有地方可去。在北京像我这么逍遥的人不多，所以我挺知足。

一天下午，我刚回到宿舍，就有人告诉我，有个男人打电话找我。

一定是他。他来了！我确认。除了他，北京没有一个能想起要给我打个电话的男人。

晚上，我又接到了这个男人的电话，果然是他。他告诉我，他们住在北海附近，明天早上我们可以在北海公园门前见面。

第二天早上，在北海公园门前，我们如约相见。他还是那个样子，只是见了我似乎有点儿不好意思。和他一起来北京的还有两个其他单位的人，那个单位想往北京的各大新闻单位送一些稿子，因为我们部里和这些新闻单位素有联系，所以他就来了。

当然这只是他的理由，其实他完全可以不来。他来也许是为了我，也许不是。不过不管怎样他都需要这个理由。我也需要这个理由。每个人似乎都生活在理由之中。

“今天不送稿子吗？”我问。

“他们还都在宾馆睡大觉呢。反正来了，也不急这一时半会儿的。

什么送稿，还不都是挂羊头卖狗肉？”他笑道。

那你呢？你挂的这个羊头又卖的是什么肉呢？我真想问他，可顿了顿，还是咽了回去。

“学习快结束了吧？”他问。我说是。他笑道：“真快。”

“快吗？”我笑道，“你的话让我想起了一篇短文，写的是一个人上班的时候要路过一棵核桃树。有一天早上他发现树下站着一个小孩，小孩问他核桃什么时候能熟，他一看核桃都青了，就对小孩说，很快。然后他就走了。下午下班，他又路过这棵核桃树时发现小孩还在那里站着。他问小孩怎么还不走，小孩说：‘我在这儿等核桃熟。你不是说很快吗？’这个人这才意识到自己认为的‘很快’和小孩认为的‘很快’完全是两回事。一年两年对他来说都可以说是很快，但一个小时两个小时在这个孩子眼里都足够漫长。最后这个人说，我这才意识到自己已经老了，像一个腐烂的核桃，隐藏在青枝绿叶间胆怯地张望着地面。”

“你这个故事更让我意识到自己老了。”他笑道。

我们买了票，走进北海。清亮的阳光洒在北海的山山水水间，我们慢慢地在柳荫道上踱着步，仿佛在小心地丈量着一幅巨大的画卷。

“真不能想象这样的城市里如果没有公园会是个什么样子。”他笑道，“喜欢北京吗？”

“喜欢。”

“为什么？”

“没人管我。”

“真是孩子话！”他笑了，“北京的公园都走遍了吗？”

"差不多吧。"

"去故宫了吗？"

"去了，不过没走完。"我说，"那个地方让我感到绝望。"

"为什么会绝望？"

"房子太多，到处都是房子，好像一辈子都走不出这些房子似的。"我说，"看见那些房子我才明白，为什么皇帝也要时不时地下下江南私访一下民间逛逛妓院。"

他开心地笑起来。我们在一张长椅上坐下，轻风微拂，翠柳依依。他闭上眼睛，仰靠在椅背上，一副妙不可言的样子。

那天下午的气氛一点点地包围了我们。

"我真是无可救药了。"他忽然说。

我知道他指的是什么，我也一样。明知走到一起可能会发生点什么，可我们还是走到了一起。

北京既让我们松弛，又让我们紧张。

我提议去划船。

我们都是第一次划船。但他掌握得很快，他似乎在哪个方面的悟性都很好。

我正手忙脚乱地摆弄着桨，腕上的表链子忽然一松，在我还没反应过来的时候就掉进了湖里。一瞬间，我们静静地望着那片水，没有说话。

"这会儿可能就沉到底了。"他说，"这里面不知沉进去了多少东西，可外表什么也看不出来。"

“你怎么知道它沉到底了？”我问。

“假设你坐着游艇在太平洋上航行，驾驶员告诉你，下面就是全世界最深的地方马里亚纳海沟。就在这个时候，有个笨手笨脚的家伙不小心把一颗五公斤重的炮弹从船边推进了海里。炮弹要多久才能沉到海底，你知道吗？”

我摇摇头，吃惊地望着他。

“假如你知道地球上最高的珠穆朗玛峰海拔是八千八百四十四米，你也许就会推测出地球的最低点大概也是八九千米。然后你或许会估计到一件重物大概需要一秒钟才会沉入水深三米的游泳池池底。根据这些估计，你就可以找到大致不错的答案。”他得意地笑道，“这是一道国外的一些公司用来测验求职者是否具有经验和智慧的著名问题。《参考消息》上介绍的。我就是用这种方法来推测你的表的。”

“可见经验真是财富。”我笑道。

“可有时候经验也意味着一种损失。”他说，“比如，当我拥有一种婚姻经验的同时，我就失去了重新选择另一种婚姻的机会。而这另一种，或许才是我想要的。”

我们相视而笑。笑过之后，我郑重地对他说：“我不喜欢听你说这些。”

他静静地望着我，说：“我知道了。”

中午，我们吃的是山西刀削面。他吃了两碗。他津津有味的样子让人看着很舒服。吃完刀削面，他问我还想去哪儿？我说还是想去北海。我们就又来到了北海，又坐在了那张长椅上，有一句没一句地说着话，其间的沉默似乎更多些。我们就这么闲闲地坐着，看着夕阳一点点地将湖面染成金色。

“没来的时候，似乎有许多话要对你说，可一见面又不知道说什么好了。”他笑道，“要不这样，你想知道关于我的什么事，只要你问出来，我都可以告诉你，决不隐瞒。”

“你想说什么就说什么好了。”我说，“你说什么对我来说都一样，我都能懂。”

“不可思议。”他笑道。

“你不应当怀疑我的倾听能力的。”

“我没有怀疑。我只是觉得你太小。”他说。

“这和年龄没有关系。”我说。我是真的懂。真的。我总觉得有许多人身上就带着那么一股气儿，你一看见他就会明白自己能不能懂他。我是真的懂他。不管他多么阴险多么世故多么圆滑甚至多么残忍，这对我来说都不重要。重要的是：我能懂他，他也懂我。虽然我们使用的唯一工具只是空洞的语言，但语言有时候确实比一切东西都实在。

净园的时间快到了，他拍了拍我的头：“我喜欢听你说话。”

“我也是。”

他忽然低下头，轻快地吻了吻我的额。“你这个诱惑人的小东西。”他笑着说。

诱惑。我笑了。其实他也在诱惑我。其实我们对彼此的诱惑从那天下午就已经开始了。我们在竭力疏远对方的同时就已经开始实施对彼此的诱惑。其实我们现在的一切都只是那个下午的延伸。

然而回想起来，存在于那个下午的似乎是两个面目模糊的人。就像我的那块手表，在沉入北海的一刹那，就只拥有那一个清晰的瞬间。而这之后，就再也不能走回从前了。无论我们怎么延伸，我们都不会再找到那个原址。而这种延伸也只会越来越细小，越来越混沌，越来越紧凑，越来越像一根藤，或者一张网。

我们为什么还要延伸呢?

一个月后，我还得回到我生活多年的那个小城。我们不能永居北京。但即使我们能够永居北京，永居北京与永居小城又有什么本质的不同呢?

我们有什么必要继续延伸呢?

我们起身，缓缓地离开黄昏中的北海。

“有没有人知道你出来干什么？”他问。

我摇摇头，望着他笑了。

“你回去后最好不要对别人讲。”他说。

“以我们互相信任的程度来说，我们所负担的风险值是一样大的。”我笑道，“前些天我们学校的家属楼被盗了，所有装防盗门的人家都被撬了门，而那些没装防盗门的人家却都安然无恙。小偷还在墙上留了言：你对我放心，我对你放心；你不放心我，我让你不放心。”

他默默地望着我。“你真像一个海市蜃楼。”他说。

我摇摇头。其实这个世界上从没有什么海市蜃楼，那些自认为看到海市蜃楼的人不过是眼睛错误的延伸罢了。

出了园门，他叫了辆出租车，先把我送到学校。分手的时候，他没下车。他从车窗中伸出手和我握了握，说北京真好。

“北京真好。”我也真心实意地说。

出租车司机笑了。他大概是觉得我们说话挺好玩。

图书在版编目（CIP）数据

一往情深过生活 / 乔叶著 . —北京 : 北京联合出版公司，2018.3

ISBN 978-7-5596-1504-6

Ⅰ . ①一… Ⅱ . ①乔… Ⅲ . ①散文集–中国–当代 Ⅳ . ① I267

中国版本图书馆 CIP 数据核字（2018）第 005767 号

一往情深过生活

作　　者：乔　叶

策划出品：青橙文化

监　　制：王二若雅

责任编辑：郑晓斌　徐　樟

特约编辑：大　风

内文插画：舟蒲麦

装帧设计：ABOOK 壹书工作室 沾衣 Design 531209570

北京联合出版公司出版

（北京市西城区德外大街83号楼9层　100088）

三河市冀华印务有限公司印刷　　新华书店经销

字数180千字　880毫米×1230毫米　1/32　8.5印张

2018年6月第1版　2018年6月第1次印刷

ISBN 978-7-5596-1504-6

定价：39.80元

本书若有质量问题，请与本公司图书销售中心联系调换。电话：（010）82069336